Joseph Conrad

Jeunesse

SUIVI DE

Cœur des ténèbres

Traduit de l'anglais
par G. Jean-Aubry
et André Ruyters

Gallimard

NOTE BIBLIOGRAPHIQUE

Le volume dont nous donnons aujourd'hui la traduction parut en 1902 sous le titre : *Youth : a narrative and two other stories* (William Blackwood & Sons. Edinburgh-London). Ainsi que l'indique ce titre, ce volume comprend trois contes : *Youth*, *Heart of Darkness*, *The End of the Tether*. Pour des raisons de librairie, on ne trouvera sous la couverture de cette édition française que les deux premiers de ces contes : le troisième devant former, par la suite, un volume à part.

Joseph Conrad écrivit *Youth* au cours du mois de mai et le termina le 3 juin 1898 : ce récit parut d'abord en septembre de cette même année dans le *Blackwood's Magazine*.

Heart of Darkness, composé à la fin de 1898, fut publié pour la première fois, dans les numéros de mars et avril 1899 de cette même revue.

Youth (Jeunesse), ainsi que le montre le manuscrit, porta d'abord le titre de : *A Voyage* (Un Voyage). Ce n'est rien d'autre, en effet, — mais magnifié par la puissante vision et la profonde humanité de son auteur, — que le récit exact d'un voyage qu'en qualité de lieutenant Joseph Conrad fit à bord du trois-mâts barque *Palestine* qui dût être abandonné en mer le 14 mars 1883, dans les circonstances mêmes que le grand écrivain a relatées dans son récit.

Heart of Darkness (Le Cœur des Ténèbres) est né, lui aussi, du souvenir d'expériences personnelles, celles que Joseph Conrad connut au Congo Belge de juin à décembre 1890.

En 1917, l'écrivain ajouta, lors d'une nouvelle édition de ce volume (J.-M. Dent & Sons, London) une *Note de l'Auteur* dont nous donnons également ici la traduction, à l'exception toutefois de son dernier paragraphe, qui a trait au conte intitulé : *The End of the Tether.*

L'édition française que nous publions aujourd'hui n'est pas, à proprement parler le fruit d'une collaboration : la traduction du *Cœur des Ténèbres* est de M. André Ruyters : celle de *Jeunesse* est nôtre.

G. J.-A.

NOTE DE L'AUTEUR

Les contes qui composent ce volume ne sauraient prétendre à une unité d'intention artistique. Le seul lien qui existe entre eux est celui de l'époque où ils furent écrits. Ils appartiennent à la période qui suivit immédiatement la publication du Nègre du Narcisse *et qui précéda la première conception de* Nostromo, *deux livres qui, me semble-t-il, tiennent une place à part dans l'ensemble de mon œuvre. C'est aussi l'époque où je collaborai au* Blackwood's Magazine, *cette époque que domine* Lord Jim *et qui est associée dans mon souvenir reconnaissant avec l'encourageante et serviable bienveillance de feu M. William Blackwood.*

Jeunesse *ne fut pas ma première contribution au* Blackwood's Magazine ; *ce fut la seconde ; mais ce conte marque la première apparition dans le monde de cet homme appelé Marlow avec qui mon intimite ne fit que croître au cours des années. Les origines de ce gentleman (personne autant que je sache n'a jamais donné à entendre qu'il put être rien de moins que cela), ses origines, dis-je, ont fait l'objet de discussions littéraires : discussions des plus amicales, je me plais à le reconnaître.*

On pourrait croire que je suis mieux que personne à même de jeter quelque lumière sur cette question : mais à la vérité cela ne me semble pas très facile. Il m'est agréable de penser que personne ne l'a accusé d'intentions frauduleuses ni ne l'a traité de charlatan : mais, à part cela, on a fait à son endroit toutes sortes de suppositions : on y a vu un habile paravent, un simple expédient, un prête-nom, un esprit familier, un daemon *chuchottant. On m'a même soupçonné d'avoir longuement préparé un plan pour m'emparer de lui.*

Il n'en est rien. Je n'ai fait aucun plan. Marlow et moi nous nous sommes rencontrés, ainsi que se font ces relations de ville d'eaux qui parfois se transforment en amitiés véritables. Celle-ci a eu précisément cette fortune. En dépit du ton assuré de ses opinions Marlow n'a rien d'un importun. Il hante mes heures de solitude, lorsque nous partageons en silence notre bien-être et notre entente ; mais lorsque nous nous séparons à la fin d'un conte, je ne suis jamais sûr que ce ne soit pas pour la dernière fois. Et pourtant je ne crois pas que l'un de nous se soucierait fort de survivre à l'autre. Lui, en tout cas, y perdrait son occupation et je crois qu'il ne serait pas sans en souffrir, car je le soupçonne de quelque vanité. Je ne prends pas le mot vanité *au sens salomonesque. De toutes mes créatures il est bien assurément le seul qui n'ait jamais été un tracas pour mon esprit. Le plus discret et le plus compréhensif des hommes...*

Avant même de paraître en volume, Jeunesse *reçut un excellent accueil. Il me faut bien reconnaître enfin, — et c'est d'ailleurs un endroit qui convient parfaitement à cet aveu, — que j'ai été toute ma vie, toutes mes deux vies, l'enfant gâté, — quoique adopté, de la Grande-Bretagne, et même de l'Empire britannique : puisque c'est l'Australie qui m'a donné mon premier commandement. Je fais cette déclaration, non pas par un secret penchant à la mégalomanie, mais tout au contraire, comme un homme qui n'a pas grande illusion sur soi-même. J'obéis en cela à ces instincts de gloriole et d'humilité naturelles, qui sont inhérents à l'humanité tout entière. Car l'on ne saurait nier que les hommes s'enorgueillissent non pas de leurs propres mérites, mais bien plutôt de leur prodigieux bonheur : de ce qui, au cours de leurs vies, doit leur faire offrir actions de grâce et sacrifices sur les autels des divinités impénétrables.*

Le Cœur des Ténèbres *attira également l'attention dès le début et l'on peut dire ceci, en ce qui concerne ses origines : nul n'ignore que la curiosité des hommes les pousse à aller fourrer leur nez dans toutes sortes d'endroits (où ils n'ont que faire) et à en revenir avec toutes sortes de dépouilles. Ce conte-ci, et un autre qui ne figure pas dans ce volume*[1]*, sont tout le butin que je rapportai du centre de l'Afrique, où, à la vérité, je n'avais que faire. Plus ambitieux dans son dessein et d'un plus long développement, le* Cœur des Ténèbres *n'en est pas moins aussi fondamentalement authentique que* Jeunesse. *Il est visiblement écrit dans un tout autre esprit. Sans*

1. « Un Avant-Poste du Progrès » dans le volume intitulé « Histoires Inquiètes ». [Note des Traducteurs].

vouloir en caractériser précisément la nature, n'est personne qui ne puisse voir que ce n'est assurément pas l'accent du regret ni celui du souvenir attendri.

Une remarque encore. Jeunesse *est un produit de la mémoire. C'est le fruit de l'expérience même : mais cette expérience, dans ses faits, dans sa qualité intérieure et sa couleur extérieure, commence et s'achève en moi-même. Le* Cœur des Ténèbres *est également le résultat d'une expérience, mais c'est l'expérience légèrement poussée (très légèrement seulement) au delà des faits eux-mêmes, dans l'intention parfaitement légitime, me semble-t-il, de la rendre plus sensible à l'esprit et au cœur des lecteurs. Il ne s'agissait plus là d'une sincérité de couleur. C'était comme un art entièrement différent. Il fallait donner à ce sombre thème une résonnance sinistre, une tonalité particulière, une vibration continue qui, je l'espérais du moins, persisterait dans l'air et demeurerait encore dans l'oreille, après que seraient frappés les derniers accords.*

1917. J. C.

JEUNESSE

A PAUL VALÉRY

A l'auteur du « Cimetière marin »,
cette traduction
en souvenir des heures de Londres
et de Bishopsbourne,
et de la très affectueuse admiration
de son ami,
G. J.-A.

JEUNESSE

Cela n'aurait pu arriver qu'en Angleterre, où les hommes et la mer se pénètrent, pour ainsi dire, — la mer entrant dans la vie de la plupart des hommes, et les hommes connaissant la mer, peu ou prou, par divertissement, par goût des voyages ou comme gagne-pain.

Nous étions accoudés autour d'une table d'acajou qui réfléchissait la bouteille, les verres et nos visages. Il y avait là un administrateur de sociétés, un comptable, un avocat d'affaires, Marlow et moi. L'administrateur avait passé par Conway, le comptable avait servi quatre ans à la mer, l'homme de loi, — conservateur endurci, fidèle de la Haute-Église, la crème des hommes et l'honneur incarné, — avait été second à bord de navires de la Compagnie Péninsulaire et Orientale au bon vieux temps où les courriers avaient encore le gréement carré sur deux mâts au moins, et descendaient la mer de Chine devant une mousson fraîche avec des bonnettes hautes et basses. Nous avions tous débuté dans la vie par la marine marchande. Le lien puissant de la mer nous unissait tous les cinq et aussi cette camaraderie du métier, qu'aucun enthousiasme, si vif qu'il puisse être pour le yachting, les croisières ou autres choses de ce genre, ne peut faire naître, car tout cela ce n'est que le divertissement de la vie, tandis que l'autre, c'est la vie même.

Marlow (je crois du moins que c'est ainsi que s'écrivait son nom) nous faisait le récit, ou plutôt la chronique, d'un de ses voyages.

— Oui, j'ai bourlingué pas mal dans les mers d'Extrême-Orient : mais le souvenir le plus clair que j'en ai conservé, c'est celui de mon premier voyage. Il y a de ces voyages, vous le savez vous autres, qu'on dirait faits pour illustrer la vie même, et qui peuvent servir de symbole à l'existence. On se démène, on trime, on sue sang et eau, on se tue presque, on se tue même vraiment parfois à essayer d'accomplir quelque chose, — et on n'y parvient pas. Ce n'est pas de votre faute. On ne peut tout simplement rien faire, rien de grand ni de petit, — rien au monde, — pas même épouser une vieille fille, ni conduire à son port de destination une malheureuse cargaison de six cents tonnes de charbon.

« Ce fut à vrai dire une affaire mémorable. C'était mon premier voyage en Extrême-Orient, et mon premier voyage comme lieutenant : c'était aussi le premier commandement de mon capitaine. Vous avouerez qu'il était temps. Il avait bel et bien soixante ans : c'était un petit homme au dos large, un peu courbé, avec des épaules rondes et une jambe plus arquée que l'autre, il avait cet aspect quelque peu tordu qu'on voit fréquemment aux hommes qui travaillent aux champs. Sa figure en casse-noisettes, — menton et nez essayant de se rejoindre devant une bouche rentrée, — s'encadrait de flocons de poils gris de fer qui vous avaient vraiment l'air d'une mentonnière d'ouate saupoudrée de charbon. Et l'on voyait dans ce vieux visage deux yeux bleus étrangement semblables à ceux d'un jeune garçon, avec cette expression candide que certains hommes très ordinaires conservent jusqu'à la fin de leurs jours, à la faveur intime et rare d'un cœur simple et d'une âme droite. Ce qui put l'engager à me prendre comme lieutenant reste pour moi un mystère. J'avais débarqué d'un de ces fameux *clippers* qui faisaient les voyages d'Australie et à bord duquel j'étais troisième officier, et il semblait avoir des préventions contre cette classe de voiliers, comme trop aristocratiques et distingués.

— « Vous savez, me dit-il, sur ce navire vous aurez du travail.

« Je lui répondis que j'en avais eu sur tous les navires à bord desquels j'avais été.

— « Oui, mais celui-ci est différent, et vous

autres messieurs qui venez de ces grands navires !... Enfin ! je crois que vous ferez l'affaire. Embarquez demain.

« J'embarquai le lendemain. Il y a de cela vingt-deux ans : et j'avais tout juste vingt ans. Comme le temps passe ! Ce fut l'un des jours les plus heureux de ma vie. Imaginez-vous ! Lieutenant pour la première fois ! Officier réellement responsable ! Je n'aurais pas donné mon nouveau poste pour tout l'or du monde. Le second m'examina attentivement. Il était vieux, lui aussi, mais d'une autre allure. Il avait un nez romain, une longue barbe d'une blancheur de neige, et se nommait Mahon, mais il tenait à ce qu'on prononçât Mann. Il était de bonne famille : mais il n'avait pas eu de chance, et il n'avait jamais pu avancer.

« Pour ce qui est du capitaine, il avait servi des années à bord de caboteurs, puis dans la Méditerranée, et enfin sur la ligne des Antilles. Il n'avait jamais doublé les caps. C'est tout juste s'il savait écrire et il n'y tenait guère. Bien entendu, très bons marins l'un et l'autre, et entre ces deux vieux-là je me faisais l'effet d'un petit garçon entre ses deux grand-pères.

« Le navire aussi était vieux. Il s'appelait *Judée*. Drôle de nom, hein ? Il appartenait à un certain Wilmer, Wilcox, — quelque chose dans ce genre-là : mais voilà vingt ans que l'homme a fait faillite et est mort, et son nom importe peu. La *Judée* était restée désarmée dans le bassin Shadwel pendant je ne sais combien de temps. Vous pouvez vous imaginer dans quel état elle était. Ce n'était que rouille, poussière, crasse, — suie dans la mâture et saleté sur le pont. Pour moi, c'était comme si je sortais d'un palais pour entrer dans une chaumière en ruines. Elle jaugeait à peu près quatre-cents tonnes, avait un guindeau primitif, des loquets de bois aux portes, pas le moindre morceau de cuivre, et son arrière était large et carré. On pouvait distinguer, au-dessous de son nom écrit en grandes lettres, un tas de fioritures dédorées et une espèce d'écusson qui surmontait la devise : « Marche ou meurs ». Je me rappelle que cela me plut énormément. Il y avait là quelque chose de romanesque qui me fit tout de suite aimer cette vieille baille, — quelque chose qui séduisit ma jeunesse.

« Nous quittâmes Londres sur lest, — lest de sable, — pour aller prendre du charbon dans un port du nord, à destination de Bangkok. Bangkok ! J'en tressaillais d'aise ! Il y avait six ans que j'étais à la mer, mais je n'avais vu que Melbourne et Sydney, des endroits très bien, des endroits charmants dans leur genre, — mais Bangkok !

« Nous mîmes à la voile pour sortir de la Tamise avec un pilote de la mer du Nord à bord. Il se nommait Jermyn et il traînait toute la journée aux abords de la cuisine pour faire sécher son mouchoir devant le fourneau. Apparemment il ne fermait jamais l'œil. C'était un homme triste, qui ne cessait d'avoir la goutte au nez, et qui avait eu des ennuis, ou en avait, ou allait en avoir : il ne pouvait être heureux à moins que quelque chose n'allât mal. Il se défiait de ma jeunesse, de mon jugement et de mon sens de la manœuvre, et il se fit un devoir de me le témoigner de cent façons. J'avoue qu'il avait raison. Il me semble que je n'en savais pas lourd alors, je n'en sais pas beaucoup plus aujourd'hui : mais je n'ai cessé jusqu'à ce jour de détester ce Jermyn.

« Il nous fallut une semaine pour gagner la rade de Yarmouth, et là nous attrapâmes un coup de tabac, — la fameuse tempête d'octobre d'il y a vingt-deux ans. — Vent, éclairs, neige fondue, neige et mer démontée, tout y était. Nous naviguions à lège et vous pourrez imaginer à quel point c'était vilain quand je vous aurai dit que nous avions nos pavois démolis et notre pont inondé. Le second soir le lest ripa dans la joue avant et à ce moment nous avions été dépalés dans les parages de Dogger Bank. Il n'y avait rien d'autre à faire que de descendre avec des pelles et d'essayer de redresser le navire, et nous voilà dans cette vaste cale, sinistre comme une caverne, des chandelles tremblotantes collées aux barrots, tandis que la tempête hurlait là-haut, et que le navire dansait comme un fou avec de la bande. Nous étions tous, là, Jermyn, le capitaine, tous, pouvant à peine nous tenir sur nos jambes, occupés à cette besogne de fossoyeurs, et essayant de refouler au vent des pelletées de ce sable mouillé. A chaque plongeon du navire, on voyait vaguement dans la pénombre dégringoler des hommes qui brandissaient des pelles. Un de nos mousses (nous en avions deux), impressionné par l'étrangeté de la scène, pleurait comme si son cœur allait se rompre. On l'entendait renifler quelque part dans l'ombre.

« Le troisième jour la tempête cessa, et un remorqueur du nord qui se trouvait par là nous ramassa au passage. Il nous avait fallu seize jours en tout pour aller de Londres à la Tyne. Quand nous fûmes au dock, nous avions perdu notre tour de chargement et on nous déhâla jusqu'à un rang où nous restâmes un mois. Mrs Beard (le capitaine s'appelait Beard) vint de Colchester pour voir son mari. Elle s'installa à bord. L'équipage temporaire avait débarqué, et il ne restait que les officiers, un mousse et le steward, un mulâtre qui répondait au nom d'Abraham. Mrs Beard était une vieille femme à la figure toute ridée et hâlée comme une pomme d'hiver, et qui avait une tournure de jeune fille. Elle me surprit un jour en train de recoudre un bouton et insista pour réparer toutes mes chemises. Ce n'était guère le genre des femmes de capitaines que j'avais connues à bord des clippers. Quand je lui eus apporté les chemises, elle me dit : « Eh bien, et les chaussettes ? Elles ont besoin d'un raccommodage, j'en suis sûre ; les effets de John, — le capitaine Beard, — sont tous en état maintenant. J'aimerais avoir quelque chose à faire. » Brave vieille ! Elle passa en revue mes effets, et pendant ce temps-là je lus pour la première fois *Sartor Resartus* et la *Chevauchée vers Khiva* de Burnaby. Je ne compris guère alors le premier de ces livres, mais je me rappelle qu'à cette époque-là, je préférai le soldat au philosophe : préférence que la vie n'a fait que confirmer. L'un était un homme, et l'autre était davantage, — ou moins. L'un et l'autre sont morts, et Mrs Beard est morte, et la jeunesse, la force, le génie, les pensées, les exploits, les cœurs simples, — tout meurt... Enfin !

On finit par nous charger. Nous embarquâmes un équipage. Huit matelots et deux mousses. Un soir nous nous déhâlames sur les bouées près du sas, prêts à sortir, et avec bon espoir d'appareiller le lendemain. Mrs Beard devait repartir chez elle par le dernier train. Une fois le navire amarré, nous descendîmes prendre le thé, et nous demeurâmes assez silencieux durant tout ce temps, Mahon, le vieux couple et moi. J'eus fini le premier et m'esquivai pour aller fumer une cigarette, ma cabine se trouvant dans un rouf tout contre la dunette. C'était l'heure du plein, le vent avait fraîchi, il bruinait : les deux portes du sas étaient ouvertes, et les charbonniers allaient et venaient dans l'obscurité, avec leurs feux très clairs, au milieu d'un grand bruit d'hélices battant l'eau, d'un ferraillement de treuils, et de voix qui hélaient au bout des jetées. J'observais la procession des feux de pointe qui glissaient en haut et celle des feux verts qui glissaient plus bas dans la nuit, lorsque tout à coup j'aperçus un éclat rouge qui disparut, revint et resta. L'avant d'un vapeur surgit tout proche. Par la claire-voie de la cabine, je criai : « Montez, vite ! » puis j'entendis une voix effrayée qui disait au loin dans l'ombre : « Stoppez, capitaine. » La sonnerie d'un timbre résonna. Une autre voix cria pour avertir : « Nous allons rentrer dans ce voilier. » Un rude « Ça va ! » y répondit et fut suivi d'un violent craquement, au moment où le vapeur vint, de sa joue avant, taper de biais dans notre gréement. Il y eut un moment de confusion, de vociférations, un bruit de gens qui couraient. La vapeur siffla. Puis on entendit quelqu'un qui disait : « Paré, capitaine. « Vous n'avez rien ? » demanda la voix bourrue. J'avais couru devant pour voir l'avarie et je leur criai : « Je crois que non ! » « En arrière doucement », dit la voix bourrue. Un timbre retentit. « Quel est ce vapeur ? » hurla Mahon. A ce moment il n'était plus pour nous qu'une ombre massive, manœuvrant à quelque distance. On nous cria un nom, un nom de femme, *Miranda*, ou

Melissa, ou quelque chose de ce genre. « Ça va nous faire encore un mois dans ce sale trou ! » me dit Mahon, comme nous examinions avec des fanaux les pavois éclatés et les bras coupés. « Mais où est donc le capitaine ? »

« Nous ne l'avions tout ce temps-là ni vu ni entendu. Nous allâmes voir derrière. Une voix dolente s'éleva du milieu du bassin : « Ohé ! *Judée !* » Comment diable se trouvait-il là ? Nous criâmes : « Oui ! » — « Je suis à la dérive dans notre canot, sans avirons, » nous cria-t-il. Un batelier attardé nous offrit ses services et Mahon s'entendit avec lui moyennant une demi-couronne pour remorquer notre capitaine au long du bord. Mais ce fut Mrs Beard qui monta la première notre échelle. Il y avait près d'une heure qu'ils étaient là à flotter dans le bassin sous une froide petite pluie fine. Je n'ai jamais de ma vie été aussi surpris.

« Il paraît que lorsqu'il m'avait entendu crier : « Montez, vite », il avait aussitôt compris ce qui se passait, il avait empoigné sa femme, grimpé sur le pont qu'il avait traversé en courant, pour dégringoler dans le canot amarré à l'échelle. Pas si mal pour un homme de soixante ans. Imaginez un peu ce vieux, sauvant héroïquement sa femme dans ses bras, — la femme de toute sa vie. Il l'avait déposée sur un banc et s'apprêtait à remonter à bord, quand, je ne sais comment, la bosse fila. Et les voilà partis ensemble. Naturellement au milieu de toute cette confusion nous ne l'avions pas entendu crier. Il avait l'air tout penaud. Elle s'écria d'un air enjoué :

— « Je suppose que cela ne fait rien si je manque le train maintenant.

— « Non, Jenny, descends te réchauffer, — grommela-t-il. Puis s'adressant à nous :

— « Un marin ne devrait pas s'embarrasser de sa femme. Voyez-vous ça, je n'étais pas à bord ! Bon, y a pas trop de mal cette fois. Allons voir ce que cet idiot de vapeur nous a démoli. »

« Ce n'était pas grand'chose, mais cela nous retint tout de même trois semaines. Au bout de ce temps, le capitaine étant occupé avec ses agents, je portai le sac de voyage de Mrs Beard jusqu'à la gare et l'installai confortablement dans un compartiment de troisième classe. Elle abaissa la vitre pour me dire :

— « Vous êtes un brave jeune homme. Si vous voyez John, — le capitaine Beard, — sans son foulard la nuit, rappelez-lui de ma part de bien s'emmitoufler.

— « Certainement, Mrs. Beard, — lui dis-je.

— « Vous êtes un brave jeune homme. J'ai remarqué combien vous étiez attentionné pour John, le capitaine... »

« Le train démarra brusquement. Je saluai la vieille dame. Je ne l'ai plus jamais revue... ...Passez-moi la bouteille.

Nous prîmes la mer le lendemain. Quand nous partîmes ainsi pour Bangkok, il y avait trois mois que nous avions quitté Londres. Nous avions pensé mettre une quinzaine tout au plus.

« C'était en janvier et le temps était magnifique, — ce beau temps d'hiver ensoleillé qui a plus de charme que le beau temps d'été, parce qu'il est plus inattendu, plus vif, et qu'on sait qu'il ne va pas, qu'il ne peut pas durer longtemps. C'est comme une aubaine, une bonne fortune, une chance inespérée.

« Cela dura tout le long de la mer du Nord, tout le long de la Manche : cela dura jusqu'à trois-cents milles environ à l'ouest du cap Lizzard : alors le vent tourna au suroît et commença sa musique. Deux jours plus tard il soufflait en tempête. La *Judée* se vautrait dans l'Atlantique comme une vieille caisse à chandelles. Il souffla jour après jour, il souffla méchamment, sans arrêt, sans merci, sans relâche. Le monde n'était plus qu'une immensité de vagues écumantes qui se ruaient sur nous, sous un ciel si bas qu'on aurait pu le toucher de la main et sale comme un plafond enfumé. Dans l'espace bouleversé qui nous environnait il y avait autant d'embruns que d'air. Jour après jour, nuit après nuit, il n'y eut autour du navire que le hurlement du vent, le tumulte de la mer, le bruit de l'eau tombant en trombe sur notre pont. Il n'y eut ni repos pour lui, ni repos pour nous. Il ballottait, il tanguait, il piquait du nez, il plongeait de l'arrière, il roulait, il gémissait ; et il nous fallait nous cramponner quand nous étions sur le pont, nous agripper à nos couchettes quand nous étions en bas, dans un effort physique et une tension d'esprit qui ne nous donnaient pas de cesse.

« Une nuit Mahon m'interpella par la vitre de ma cabine. Elle ouvrait sur ma couchette. J'y étais étendu, tout éveillé, tout habillé, tout chaussé, avec l'impression de n'avoir pas dormi depuis des années, et de ne pouvoir le faire si je m'y efforçais. Il me dit avec animation :

— « Vous avez la tige de sonde, Marlow ? Je ne peux pas amorcer les pompes. Sacrédié, ce n'est pas une plaisanterie. »

« Je lui passai la sonde et me recouchai, essayant de penser à des tas de choses, — mais je ne pensais qu'aux pompes. Quand je vins sur le pont, ils y travaillaient encore et ma bordée vint les relever. A la lueur du fanal qu'on avait apporté pour examiner la sonde, j'entrevis des visages graves et las. Nous passâmes les quatre heures entières à pomper. Nous pompâmes tout le jour, toute la nuit, toute la semaine, quart après quart. Le navire se déliait et faisait de l'eau dangereusement, pas au point de nous noyer immédiatement mais assez pour nous tuer à manœuvrer les pompes Et tandis que nous pompions, le navire nous lâchait par morceaux. Les pavois partirent, les épontilles furent arrachées, les manches à air écrasées, la porte de la cabine sauta. Le navire n'avait plus un pouce de sec. Il se vidait peu à peu. Notre grand canot, comme par magie, fut réduit en miettes, à sa place même, sur ses chantiers. Je l'avais saisi moi-même, et j'étais assez fier de mon ouvrage qui avait défié si longtemps la malignité de la mer. Et nous pompions. Et la tempête ne cessait de faire rage. La mer était blanche comme une nappe d'écume, comme un chaudron de lait qui bout : pas d'éclaircie parmi les nuages, pas même un trou grand comme la main, pas même l'espace de dix secondes. Il n'y avait pas pour nous de ciel, il n'y avait pour nous ni étoiles, ni soleil, ni univers, — rien que des nuages en courroux et une mer en fureur. Quart après quart, nous pompions pour sauver nos vies, et cela sembla durer des mois, des années, toute une éternité, comme si nous eussions été des morts condamnés à quelque enfer pour marins. Nous oubliâmes le jour de la semaine, le nom du mois, quelle année l'on était, et jusqu'au souvenir d'avoir jamais été à terre. Les voiles partirent ; le navire était en travers au vent sous un bout de toile : l'océan nous dégringolait dessus, et nous n'y prenions plus garde. Nous manœuvrions les bras des pompes et nous avions des regards d'idiots. Quand nous avions réussi à ramper sur le pont, j'entourais d'un filin les hommes, les pompes et le grand mât, et nous pompions, nous pompions sans relâche, avec de l'eau jusqu'à la ceinture, jusqu'au cou, jusque par-dessus la tête. C'était du pareil au même. On avait oublié ce que c'était que d'être sec.

« Et j'avais quelque part en moi cette pensée : « Ça, ma foi, c'est une sacrée aventure, comme on en lit dans les livres, — et c'est mon premier voyage comme lieutenant, — et je n'ai que vingt ans, — et je tiens bon, tout autant que n'importe lequel de ces hommes, et je garde mes gens d'attaque. » J'étais content. Je n'aurais pas renoncé à cette expérience pour un empire. Il y avait des moments où j'exultais véritablement. Quand cette vieille coque démantelée piquait du nez lourdement, l'arrière dressé en l'air, il me semblait qu'elle lançait comme un appel, comme un défi, comme un cri vers ces nuages impitoyables, les mots inscrits sur sa poupe : « *Judée, Londres. Marche ou meurs.* »

« O jeunesse ! Quelle force elle a, quelle foi, quelle imagination. Pour moi, ce navire, ce n'était pas une vieille guimbarde charriant par le monde un tas de charbon, en guise de fret, — c'était l'effort, l'essai, l'épreuve de la vie. J'y pense avec plaisir, avec affection, avec regret, — comme on pense à un mort que l'on aurait chéri. Je ne l'oublierai jamais... Passez-moi la bouteille.

« Une nuit qu'attachés au mât comme je l'ai

expliqué, nous continuions à pomper, assourdis par le vent, et n'ayant même plus en nous assez de courage pour souhaiter notre mort, un paquet de mer déferla sur le pont et nous passa dessus. A peine eussé-je repris mon souffle que je me mis à crier, avec l'instinct du devoir : « Tenez bon, les gars ! » quand soudain je sentis quelque chose de dur qui flottait sur le pont me heurter le mollet. J'essayai de m'en emparer sans y parvenir. Il faisait si noir qu'on ne se voyait pas les uns les autres à deux pas.

« Après ce choc, le navire demeura un moment immobile, et la chose revint heurter ma jambe. Cette fois je pus la saisir, — c'était une casserole. Tout d'abord abruti de fatigue, et ne pouvant penser à rien d'autre qu'aux pompes, je ne compris pas ce que j'avais dans la main. Mais tout d'un coup je me rendis compte et m'écriai : « Dites-moi, les gars, le rouf est parti. Lâchons cela et allons voir où est le coq. »

« Il y avait à l'avant un rouf qui contenait la cuisine, la couchette du cuisinier, et le poste d'équipage. Comme on s'attendait depuis des jours à le voir emporté, les hommes avaient reçu l'ordre de coucher dans le carré, le seul endroit sûr du navire. Le steward, Abraham, persistait toutefois à se cramponner à sa couchette, stupidement, comme une mule, par pure terreur, je crois, comme un animal qui ne veut pas quitter une étable qui s'écroule pendant un tremblement de terre. Nous allâmes à sa recherche. C'était risquer la mort, car une fois hors de notre amarrage, nous étions aussi exposés que sur un radeau. Nous y allâmes tout de même. Le rouf était démoli comme si un obus avait éclaté dedans. Presque tout avait passé par-dessus bord, — le fourneau, le poste d'équipage, toutes leurs affaires, tout était parti : mais deux épontilles, qui maintenaient une partie de la cloison à laquelle était fixée la couchette d'Abraham restaient comme par miracle. Nous tâtonnâmes parmi les ruines et nous découvrîmes Abraham : il était là, assis sur sa couchette, au beau milieu de l'écume et des épaves, à bredouiller gaiement en se parlant à lui-même. Il avait perdu la tête : il était devenu bel et bien fou, pour de bon, après ce choc soudain qui avait eu raison de ce qui lui restait d'endurance. On l'empoigna, on le traîna derrière, et on le précipita la tête la première par l'échelle de la cabine. On n'avait pas le temps, voyez-vous, de le descendre avec des précautions infinies, ni d'attendre pour savoir comment il allait. Ceux qui étaient en bas sauraient bien le ramasser au pied de l'échelle. Nous étions très pressés de retourner aux pompes. Cela, ça ne pouvait pas attendre. Une mauvaise voie d'eau est chose impitoyable.

« C'est à croire que le seul dessein de cette diabolique tempête avait été de rendre fou ce pauvre diable de mulâtre. Elle mollit avant le matin, et le lendemain le ciel se dégagea ; et, la mer s'apaisant, la voie d'eau diminua. Quand on put établir un nouveau jeu de voiles, l'équipage demanda à rentrer, — et il n'y avait vraiment rien d'autre à faire. Les embarcations parties, les ponts balayés, la cabine éventrée, les hommes n'ayant à se mettre que ce qu'ils avaient sur le dos, les provisions gâtées, le navire éreinté. Nous virâmes du bord pour rentrer, — eh bien, le croiriez-vous ? — le vent passa à l'est et nous vint droit sur le nez. Il souffla frais, il souffla sans répit. Il nous fallut lui disputer chaque pouce du chemin. Le navire heureusement ne faisait pas autant d'eau, la mer restant relativement calme. Pomper deux heures sur quatre n'est pas une plaisanterie, — mais cela tint le navire à flot jusqu'à Falmouth.

« Les bonnes gens qui habitent là vivent des sinistres maritimes et sans aucun doute nous virent arriver avec plaisir. Une horde affamée de charpentiers de navires affûta ses outils. à la vue de cette carcasse de navire. Et certes ils se firent de jolis bénéfices à nos dépens avant d'en avoir fini. J'imagine que l'armateur était déjà dans de mauvais draps. Les choses traînèrent. Puis on décida de débarquer une partie du chargement et de calfater la coque. Ce qui fut fait : on acheva les réparations, on rechargea : un nouvel équipage embarqua et nous partîmes, — pour Bangkok.

Avant la fin de la semaine, nous revenions. L'équi page avait déclaré qu'il n'irait pas à Bangkok, — c'est-à-dire une traversée de cent-cinquante jours, — dans une espèce de rafiau où il allait pomper huit heures sur vingt-quatre : et les journaux maritimes insérèrent de nouveau le petit paragraphe : « *Judée. Trois-mâts barque. De la Tyne pour Bangkok : charbon : rentré à Falmouth avec une voie d'eau : équipage refusant le service.*

« Il y eut encore des retards, — d'autres rafistolages. L'armateur vint passer une journée et déclara que le navire était en parfait état. Le pauvre capitaine Beard avait l'air d'un fantôme de capitaine, par suite de l'ennui et de l'humiliation de tout cela. Rappelez-vous qu'il avait soixante ans et que c'était son premier commandement. Mahon affirmait que c'était une aventure absurde et que ça finirait mal. Quant à moi j'aimais le navire plus que jamais et je mourais d'envie d'aller à Bangkok ! Nom magique, nom béni ! « Mésopotamie » n'était rien à côté. Rappelez-vous que j'avais vingt ans, que c'était mon premier voyage comme lieutenant et que tout l'Orient m'attendait.

« Nous sortîmes pour mouiller en grande rade avec un nouvel équipage, — le troisième. Le navire faisait eau pis que jamais. C'était à croire que ces charpentiers de malheur y avaient fait un trou. Cette fois-là, nous ne quittâmes même pas la rade.

L'équipage refusa tout bonnement de virer le guindeau.

« On nous remorqua dans le fond du port et nous devînmes un meuble, une particularité, une institution de l'endroit. Les gens nous montraient du doigt aux visiteurs en disant : « Ce trois-mâts que vous voyez là en partance pour Bangkok, voilà six mois qu'il est là, — il est rentré trois fois. » Les jours de congé, les gamins qui se promenaient dans des canots nous hélaient : « Ho, de la *Judée !* » et si une tête se montrait au-dessus de la lisse, ils criaient : « Où qu'c'est que vous allez ? à Bangkok ? » et ils se moquaient de nous. Nous n'étions que trois à bord. Le pauvre vieux patron broyait du noir dans sa cabine, Mahon s'était chargé du soin de faire la cuisine et il déploya inopinément tout le génie d'un Français dans la confection de bons petits plats. Moi, je m'occupais nonchalamment du gréement. Nous étions devenus des citoyens de Falmouth. Tous les boutiquiers nous connaissaient. Chez le coiffeur ou le marchand de tabac, on nous demandait familièrement : « Croyez-vous que vous finirez par arriver à Bangkok ? » Pendant ce temps l'armateur, les assureurs et les affréteurs se chamaillaient à Londres et notre solde courait toujours... Passez-moi la bouteille.

« C'était abominable. Moralement c'était pire que de pomper pour sauver sa peau. On eut dit que le monde entier nous avait oubliés, que nous n'appartenions à personne, que nous n'arriverions jamais nulle part : on eut dit que par l'effet d'une malédiction, nous étions condanmés à jamais à vivre dans ce fond de port en butte à la risée de générations de dockers oisifs et de bateliers malhonnêtes. J'obtins trois mois de solde et cinq jours de congé et me précipitai à Londres. Cela me prit un jour pour y aller et près d'un autre pour en revenir, mais mes trois mois de solde n'en filèrent pas moins. Je ne sais trop ce que j'en fis. J'allai, je crois, au music-hall, je déjeunai, dînai, soupai, dans un endroit chic de Regent-Street et je revins à l'heure dite, sans avoir rien d'autre à montrer pour prix de trois mois de travail, que les *Œuvres complètes* de Byron et une couverture de voyage toute neuve. Le batelier qui me ramena à bord me dit :

— « Ah bah ! je croyais que vous aviez quitté cette vieille barque. *Elle* n'ira jamais à Bangkok.

— « Vous avez vu ça, vous ? — lui dis-je avec dédain ; mais cette prophétie ne me disait rien de bon.

« Soudain un homme, — un agent de je ne sais qui, — survint, muni de pleins pouvoirs. Il avait un visage qui bourgeonnait, une énergie indomptable : c'était un fort joyeux luron. Nous rentrâmes, d'un bond, dans la vie. Un chaland vint le long du bord, prit notre chargement et nous allâmes nous faire caréner et enlever le cuivre pour visiter les fonds. Rien d'étonnant à ce que cette barque fit eau : harcelée par la tempête au delà de ses forces, la pauvre avait comme de dégoût craché l'étoupe qui garnissait ses membrures. On la recalfata, on la redoubla, on la rendit aussi étanche qu'une bouteille. Nous retournâmes au chaland et on remit la cargaison à bord.

« Alors, une nuit, par un beau clair de lune, tous les rats quittèrent le navire. Nous en avions été infestés. Ils avaient détruit nos voiles, consommé plus de provisions que l'équipage, partagé bienveillamment nos lits et nos dangers et maintenant que le navire était fin prêt, ils avaient décidé de décamper. J'appelai Mahon pour jouir du spectacle. Rat après rat, on les vit paraître sur notre lisse, jeter un dernier coup d'œil par-dessus leur épaule et tomber avec un bruit sourd dans le chaland vide. Nous essayâmes d'en faire le compte, mais nous ne tardâmes pas à nous embrouiller. Mahon s'écria : « Eh bien ! qu'on ne vienne plus me parler de l'intelligence des rats. Ils auraient dû partir avant, quand nous étions à deux doigts de couler. Cela vous prouve combien est stupide la superstition qu'on attache à eux. Les voilà qui lâchent un bon navire pour un vieux chaland, où il n'y a rien à manger, en outre, les imbéciles !... Je ne crois pas qu'ils sachent ce qui est sûr ou bon pour eux pas plus que vous ou moi. »

« Et après quelques considérations à ce sujet, nous convînmes que la sagesse des rats avait été grandement exagérée et qu'en fait elle ne dépassait pas celle des hommes.

« L'histoire du navire, à cette époque, était connue de toute la côte, depuis le cap Land's End jusqu'aux Forelands, et sur toute la côte sud il n'y eut pas moyen de dénicher un équipage. On nous en envoya un au complet de Liverpool et nous partîmes une fois de plus, — pour Bangkok.

« Nous eûmes bonne brise et mer calme jusqu'aux Tropiques, et notre vieille *Judée* se traîna cahin-caha dans le soleil. Quand elle filait huit nœuds, tout craquait dans la mâture, et nous attachions nos casquettes sur nos têtes, mais d'ordinaire elle se prélassait à raison de trois milles à l'heure. Que pouvait-on en attendre ? Elle était fatiguée, — cette vieille barque. Sa jeunesse était là où est la mienne, — où est la vôtre, — vous autres qui écoutez cette interminable histoire : et quel ami oserait vous reprocher vos années et votre fatigue ? On ne grognait pas après elle. Nous autres à l'arrière, en tout cas, il nous semblait être nés, avoir été élevés, avoir vécu à son bord depuis des siècles, n'avoir jamais connu d'autres navires. Je n'aurais pas davantage reproché à la vieille église de mon village de n'être pas une cathédrale.

« Et quant à moi, il y avait en outre ma jeunesse pour me rendre patient. J'avais tout l'Orient devant moi, et toute la vie, et la pensée que c'était sur ce navire que j'avais subi mon épreuve et que je m'en étais tiré à mon honneur. Et je songeais aux hommes d'autrefois qui, bien des siècles auparavant, avaient eux aussi suivi cette même route sur des navires qui ne naviguaient pas mieux, pour aller au pays des palmes, et des épices et des sables jaunes et des peuplades brunes que gouvernaient des rois plus cruels que Néron le Romain et plus magnifiques que Salomon le Juif. La vieille barque se traînait, alourdie par l'âge et le fardeau de son chargement, tandis que moi, je vivais la vie de la jeunesse, dans l'ignorance et dans l'espoir. Elle se traîna ainsi pendant une interminable procession de jours : et sa dorure neuve renvoyait ses reflets au soleil couchant et semblait clamer sur la mer assombrie les mots peints sur sa poupe : *Judée, Londres, Marche ou meurs.*

« Puis nous entrâmes dans l'Océan Indien et fîmes route au nord pour la pointe de Java. Nous avions de petites brises. Les semaines passaient. La *Judée* se traînait — marche ou meurs, et on commençait chez nous à se dire qu'il fallait nous porter « en retard ».

« Un certain samedi que je n'étais pas de quart, les hommes me demandèrent un ou deux seaux d'eau supplémentaires pour laver leur linge. Comme je n'avais pas envie, à cette heure tardive, de monter la pompe à eau douce, j'allai devant, en sifflotant et la clef à la main, pour ouvrir l'écoutille du pic-avant et tirer de l'eau de la caisse de réserve que nous tenions à cet endroit.

« L'odeur qui monta d'en-dessous fut aussi inattendue qu'abominable. On eut dit que des centaines de lampes à pétrole flambaient et fumaient dans ce trou depuis des jours. Je m'empressai de sortir. L'homme qui m'accompagnait se mit à tousser et me dit : « Drôle d'odeur, monsieur Marlow. » Je répondis négligemment : « On dit que c'est bon pour la santé, » et j'allai derrière.

« Mon premier soin fut de passer la tête par le trou carré de la manche à air milieu. Comme je levais la trappe, une haleine visible, quelque chose comme un léger brouillard, une bouffée de brume, s'échappa de l'ouverture. L'air qui s'en exhalait était chaud et avait une odeur lourde de suie et de pétrole. Je la reniflai et laissai retomber la tape doucement. C'eut été inutile de m'asphyxier. La cargaison était en feu.

« Le lendemain, le navire se mit à fumer pour de bon. Voyez-vous, il fallait s'y attendre, car de si bonne qualité que fût ce charbon, il avait été tellement manipulé, tellement brisé par les transbordements qu'il ressemblait plus à du charbon de forge qu'à quoi que ce fût d'autre. — Et puis il avait été mouillé, — plus souvent qu'à son tour. Il avait plu tout le temps que nous l'avions retransbordé du chaland : et maintenant, au cours de cette longue traversée, il s'était échauffé et c'était un nouveau cas de combustion spontanée.

« Le capitaine nous fit appeler dans sa cabine. Il avait étalé une carte sur la table et avait un air malheureux.

« — La côte occidentale d'Australie n'est pas loin, — nous dit-il, — mais j'entends faire route pour notre destination. C'est le mois des cyclones, avec ça : mais nous garderons le cap tout simplement sur Bangkok et nous combattrons l'incendie. J'en ai assez de retourner, même si nous devons tous rôtir. Nous allons d'abord essayer d'étouffer. par le manque d'air, cette satanée combustion,

« On essaya. On aveugla toutes les ouvertures et la fumée n'en continua pas moins. Elle ne cessait de sortir par d'imperceptibles fissures, elle se frayait un passage à travers les cloisons et les panneaux, elle filtrait ici et là, partout, en minces volutes, en buée invisible, d'incompréhensible façon. Elle s'introduisait dans le carré, dans le gaillard : elle empoisonnait les endroits les plus abrités du pont : on pouvait en sentir l'odeur du haut de la grand'vergue. Si la fumée sortait, il était évident que l'air entrait. C'était décourageant. Cette combustion-là refusait absolument de se laisser étouffer.

« Nous résolûmes d'essayer l'eau, et nous retirâmes les panneaux. D'énormes flocons de fumée blanchâtre, jaunâtre, épaisse, grasse, fluide, suffocante, s'élevèrent jusqu'au sommet des mâts. Tous les hommes décampèrent derrière. Puis le nuage empesté se dissipa au loin et nous nous remîmes à l'œuvre dans une fumée qui maintenant n'était guère plus épaisse que celle d'une cheminée d'usine ordinaire.

« On arma la pompe à incendie, on adapta la manche et peu après celle-ci creva. Que voulez-vous, elle était du même âge que le navire, — c'était un tuyau préhistorique et irréparable. Alors on pompa avec la piètre pompe d'étrave, on puisa de l'eau avec des seaux et on parvint ainsi à la longue à déverser des quantités considérables d'Océan Indien par le grand panneau. Le clair ruisseau étincelait au soleil, tombait dans une couche de fumée blanche et rampante, et disparaissait à la surface noire du charbon. De la vapeur montait, mêlée à la fumée. Nous versions de l'eau salée comme dans un tonneau sans fond. Il était dit que nous aurions à pomper sur ce navire, pomper pour le vider, pomper pour le remplir : et après avoir empêché l'eau d'y pénétrer pour échapper à une noyade, nous y versions de l'eau avec frénésie pour n'y être pas brûlés vifs.

« Et il continuait à se traîner, — marche ou crève, — par ce temps limpide. Le ciel était un miracle de pureté, un miracle d'azur. La mer était lisse, était bleue, était limpide, était scintillante comme une pierre précieuse, qui s'étendait de toutes parts autour de nous jusqu'à l'horizon, — comme si le globe terrestre tout entier n'eût été qu'un joyau, qu'un saphir colossal, qu'une gemme unique façonnée en planète. Et sur l'étendue lustrée de cette eau calme, la *Judée* glissait imperceptiblement, enveloppée de vapeurs impures et languissantes, d'un nuage nonchalant qui dérivait au souffle d'un vent lent et léger : nuage empesté qui souillait la splendeur de la mer et du ciel.

« Il va sans dire que pendant tout ce temps-là, nous ne vîmes pas de flammes. Le feu couvait dans la cargaison, à fond de cale, quelque part. Comme nous travaillions côte à côte, Mahon me dit avec un singulier sourire :

« — A présent, si l'on pouvait seulement avoir une bonne petite voie d'eau, — comme la première fois que nous sommes sortis de la Manche, ça mettrait l'éteignoir sur cet incendie, hein ?

« Je lui répondis par cette remarque ironique :

« — Vous vous souvenez des rats ?

« Nous combattions le feu et naviguions avec soin comme si de rien n'était. Le steward faisait la cuisine et nous servait. Des douze autres hommes, huit étaient à l'ouvrage, tandis que quatre se reposaient. Chacun prit son tour, y compris le capitaine. L'égalité régnait et à défaut d'une complète fraternité, une franche camaraderie. Parfois, en envoyant un seau d'eau par le panneau on entendait un homme hurler : « Vive Bangkok ! » et les autres se mettaient à rire. Mais, en général, nous restions taciturnes et graves, — et nous avions soif ! Ah ! quelle soif ! Et il nous fallait économiser l'eau. De strictes rations. Le navire fumait, le soleil flamboyait... Passez-moi la bouteille.

« On essaya de tout. On tenta même de creuser jusqu'au foyer de l'incendie. Ça ne servit naturellement à rien. Personne ne pouvait rester en bas plus d'une minute. Mahon, qui y descendit le premier, s'évanouit dans la cale et l'homme qui alla le chercher en fit autant. Nous les hissâmes sur le pont. Je sautai en bas pour leur montrer comme c'était facile. Mais alors, ils avaient appris la sagesse et ils se contentèrent de me repêcher au moyen d'un grappin fixé, si je ne me trompe, au bout d'un manche à balai. Je ne proposai pas d'aller rechercher ma pelle qui était restée en bas.

« Les choses commençaient à prendre mauvaise tournure. On mit le grand canot à la mer. La seconde embarcation était parée à mettre en dehors. Nous en avions encore une autre, de quelque quatorze pieds de long, aux bossoirs arrière, où elle ne risquait rien.

« Alors, imaginez-vous, que la fumée tout à coup diminua. Nous redoublâmes d'effort pour noyer le fond du navire. Au bout de deux jours, il n'y eut plus de trace de fumée. Tout le monde rayonnait. C'était un vendredi. Le samedi, pas de corvée, mais, bien entendu, on tint la route. Pour la première fois, depuis quinze jours, les hommes lavèrent leur linge, et se débarbouillèrent : et on leur donna un dîner soigné. Ils parlaient en termes méprisants de combustion spontanée, et ils donnaient à entendre qu'ils étaient, eux, des gars à éteindre des incendies. En fin de compte, il nous semblait à tous avoir hérité chacun d'une grosse fortune. Mais une horrible odeur de brûlé empestait le navire. Le capitaine Beard avait les yeux caves et les joues creuses. Je n'avais jamais autant remarqué auparavant combien il était tordu et courbé. Lui et Mahon rôdaient gravement aux abords des panneaux et des manches à air, en reniflant. Je fus soudain frappé de voir que Mahon était un très, très vieux bonhomme. Quant à moi, j'étais aussi satisfait et aussi fier que si j'avais contribué à gagner une grande bataille navale O jeunesse !

« La nuit fut belle. Au matin, un navire qui rentrait en Angleterre passa à l'horizon, les mâts seuls en étaient visibles, — c'était le premier que nous eussions vu depuis des mois : mais nous approchions enfin de la terre, le détroit de la Sonde n'étant plus guère qu'à cent quatre-vingt-dix milles et presque droit dans le nord.

« Le lendemain j'avais le quart sur le pont de huit à midi. Au déjeuner du matin, le capitaine avait fait remarquer combien cette odeur persistait dans le carré. Vers dix heures, le second étant monté sur la dunette, je descendis sur le pont un moment. L'établi du charpentier se trouvait derrière le grand mât : je m'y appuyai tout en tirant sur ma pipe ; et le charpentier, un tout jeune homme, vint me parler. « Je trouve, dit-il, que nous nous en sommes très bien tirés, n'est-ce pas ? » et je m'aperçus avec quelque agacement que l'imbécile cherchait à faire basculer l'établi. « Ne faites donc pas cela, » lui dis-je. Et au même moment j'eus conscience d'une sensation bizarre, d'une absurde illusion, — il me sembla, je ne sais comment, que j'étais suspendu en l'air. Il me sembla entendre autour de moi comme un souffle retenu qui s'exhale, comme si mille géants tous ensemble avaient fait « Ouf ! » — et je sentis qu'un choc sourd venait m'endolorir soudainement les côtes. Il n'y avait plus aucun doute, — j'étais en l'air et mon corps décrivait une courte parabole. Mais si courte qu'elle fût, elle suffit à faire naître en moi plusieurs pensées, et autant que je me le rappelle, dans l'ordre suivant : « Impossible que ce soit le charpentier ! — Qu'est-ce que c'est ? — Quelque accident ? — Un volcan sous-marin ? Le charbon, des gaz ? » Bon Dieu ! nous sautons. — Tout le monde est mort. Je vais tomber dans le panneau arrière ! Je vois du feu là-dedans. »

« La poussière de charbon en suspension dans l'air de la cale avait pris un reflet rouge foncé au moment de l'explosion. En un clin d'œil, durant l'infinitésimale fraction de seconde qui s'était écoulée depuis que l'établi avait commencé à basculer, j'étais venu m'étaler de tout mon long sur la cargaison. Je me ramassai et me tirai de là. Ce fut aussi rapide que si j'avais rebondi. Le pont n'était qu'un chaos d'éclats de bois, entremêlés comme les arbres dans une forêt après un ouragan, un immense rideau de haillons sales se balançait doucement devant moi. C'était la grand'voile déchiquetée. Je me pris à dire : « La mâture va s'affaler dans un moment », et pour me déhaler de là je filai à quatre pattes du côté de l'échelle de la dunette. La première personne que je vis fut Mahon, les yeux tout ronds, la bouche ouverte et ses longs cheveux blancs hérissés autour de la tête comme un halo d'argent. Il était sur le point de descendre quand la vue du pont qui bougeait, se soulevait, se métamorphosait devant lui en éclats de bois, l'avait comme pétrifié sur l'échelon d'en haut. Je le regardai ahuri, et il me regarda lui aussi avec une singulière expression de curiosité scandalisée. Je ne savais pas que je n'avais plus de cheveux, plus de sourcils, plus de cils, que ma jeune moustache avait flambé, que j'avais la figure toute noire, une joue fendue, une entaille au nez et le menton en sang. J'avais perdu ma casquette, une de mes savates, et ma chemise était en loques. De tout cela, je n'avais pas la moindre idée. J'étais stupéfait de voir le navire encore à flot, la dunette intacte, — et surtout de voir des gens encore en vie. En outre, la paix du ciel et la sérénité de la mer étaient véritablement surprenantes. Je suppose que je m'étais attendu à les voir bouleversées d'horreur... Passez-moi la bouteille.

Une voix hélait de je ne sais où, — en l'air, du haut du ciel, — je n'aurais pu le dire. Immédiatement je vis le capitaine, — il était fou. Il me demanda avec insistance : « Où est la table du carré ? » et d'entendre une question pareille me causa un choc affreux. Je venais de sauter, vous concevez, et j'étais encore tout vibrant de cette expérience, — je n'étais pas tout à fait sûr d'être encore en vie. Mahon se mit à taper des deux pieds et lui cria : « Bon Dieu ! Vous ne voyez donc pas que le pont a sauté ? » Je retrouvai ma voix et me mis à bégayer, comme si j'avais eu conscience d'avoir grandement manqué à mon devoir : « Je ne sais pas où elle est, la table du carré. » C'était comme un rêve absurde.

« Et savez-vous ce qu'il demanda ensuite ? Eh ! bien, il voulut faire brasser les vergues. Placide et comme perdu dans ses pensées, il insista pour faire brasser carré la vergue de misaine.

« — Je ne sais pas s'il y a encore du monde en vie, — dit Mahon qui pleurait presque. — Sûrement, — fit-il doucement, — il doit en rester assez pour brasser la misaine.

« Le vieux était, paraît-il, dans sa cabine à remonter les chronomètres, quand le choc le fit tournoyer sur lui-même. Aussitôt, il lui vint à l'esprit comme il le dit par la suite, que le navire avait touché et il se précipita dans le carré. Là il s'aperçut que la table avait disparu. Le pont ayant sauté, elle s'était naturellement effondrée dans la soute à voiles. A l'endroit où nous avions déjeuné le matin, il ne vit plus qu'un grand trou dans le plancher. Cela lui parut si terriblement mystérieux, et lui fit une si forte impression, que ce qu'il entendit et vit, une fois monté sur le pont, ne lui sembla qu'une pure bagatelle en comparaison. Et, notez bien, qu'il remarqua aussitôt qu'il n'y avait personne à la barre et que son navire n'était plus en route, — et son unique pensée fut que cette misérable carcasse de navire dégréée, béante, fumante, il fallait la faire revenir en route, le cap sur son port de destination. Bangkok ! Voilà ce qu'il voulait. Je vous dis que ce petit homme tranquille, voûté, les jambes arquées, presque difforme, était magnifique par la simplicité de son idée fixe et sa paisible indifférence à toute notre agitation. Il nous envoya devant d'un geste d'autorité et alla lui-même prendre la barre.

« Oui ! ce fut la première chose que nous fîmes, — brasser les vergues de cette épave ! personne n'était tué ni même estropié, mais tout le monde était plus ou moins touché. Vous auriez dû les voir ! Quelques-uns de nos hommes étaient en loques, la figure noire comme des charbonniers, comme des ramoneurs, et leurs têtes rondes avaient l'air d'avoir été tondues ras : la vérité était qu'ils avaient eu les cheveux flambés jusqu'à la peau. D'autres, — les hommes non de quart, — réveillés et jetés à bas, ne cessaient de frissonner et de geindre, alors que nous étions tous à l'ouvrage. Mais ils en mettaient tous. Cet équipage de mauvaises têtes de Liverpool avait le cœur bien placé. J'ai pu me convaincre qu'ils l'ont toujours. C'est la mer qui leur donne ça, — le grand espace, la solitude qui environne leurs âmes sombres et taciturnes. Enfin ! on trébucha, on se traîna, on tomba, on se meurtrit les tibias sur les débris, mais nous tirâmes dessus, tout de même. Les mâts tenaient, mais nous ignorions jusqu'à quel point ils pouvaient bien être carbonisés en-dessous. Le temps était presque calme, mais une longue houle d'ouest faisait rouler le navire. Les mâts pouvaient tomber à tout instant. Nous les regardions avec appréhension. On ne pouvait prévoir de quel côté ils tomberaient.

« Puis, nous nous retirâmes à l'arrière et regardâmes autour de nous. Le pont n'était plus qu'un ramassis de planches de champ, de planches debout, d'éclats de bois, de boiseries arrachées. Les mâts se dressaient sur ce chaos comme de grands arbres au-dessus de broussailles enchevêtrées. Les interstices de cet amas de débris se remplissaient de quelque chose de blanchâtre qui se traînait, bougeait, — et ressemblait à un brouillard gras. La fumée de l'invisible incendie montait, rampait comme une brume épaisse et empestée dans un vallon comblé de bois mort. Déjà des volutes languissantes s'enroulaient parmi la masse des débris. Ça et là, un morceau de poutre planté tout droit avait l'air d'un poteau. La moitié d'un cercle de tournage avait été projetée à travers la voile de misaine et le ciel faisait une trouée d'un bleu éclatant dans la toile ignoblement souillée. Un débris fait de plusieurs planches était tombé en travers de la rambarde et l'une de ses extrémités débordait, comme une passerelle qui ne conduisait à rien, comme une passerelle qui menait au-dessus de la mer, qui menait à la mort, — qui semblait nous inviter à franchir cette planche tout de suite et à en finir avec nos absurdes misères. Et toujours en l'air, dans le ciel..., on entendait un fantôme, quelque chose d'invisible qui hélait le navire.

« Quelqu'un eut l'idée de regarder : c'était l'homme de barre qui, instinctivement, avait sauté par-dessus bord et qui voulait remonter. Il hurlait tout en nageant avec vigueur comme un triton et en se maintenant à hauteur du navire. On lui lança un bout et il se trouva bientôt parmi nous, ruisselant d'eau et fort penaud. Le capitaine avait passé la barre à quelqu'un d'autre, et, seul, à l'écart, le coude sur la lisse, le menton dans la main, il contemplait la mer, mélancoliquement. Nous nous demandions : « Et puis quoi encore ? » Moi, je me disais : « A présent, ça vaut vraiment la peine. C'est magnifique. Je me demande ce qui va bien pouvoir arriver... » O jeunesse !

« Mahon, tout à coup, aperçut un vapeur, loin, sur l'arrière. Le capitaine Beard lui dit : « On peut encore le tirer de là. » On hissa deux pavillons qui voulaient dire dans le langage international de la mer : « Feu à bord. Demandons secours immédiat. » Le vapeur grossit rapidement et nous répondit bientôt au moyen de deux pavillons à son mât de misaine : « Je viens à votre secours. »

Une demi-heure après il était par notre travers, au vent, à portée de voix, et il roulait un peu, ayant stoppé. Nous perdîmes tout sang-froid et nous nous mîmes tous à hurler comme des fous . « Nous avons sauté ! » Un homme en casque blanc, sur la passerelle, cria : « Oui, oui, ça va bien, ça va bien ! » et il hochait la tête, il souriait, il faisait de la main des gestes rassurants, comme s'il avait eu affaire à une bande d'enfants effrayés. Une des embarcations fut mise à l'eau et vint vers nous au rythme de ses longs avirons. Quatre Calashes souquaient d'une nage balancée. C'était la première fois que je voyais des marins malais. J'ai appris depuis à les connaître, mais ce qui me frappa alors ce fut leur air détaché : ils accostèrent et même le brigadier du canot, debout, crochant sa gaffe aux cadènes des grands haubans, ne daigna pas lever la tête pour nous jeter un regard. Je trouvais, moi, que des gens qui avaient sauté méritaient vraiment plus d'attention.

« Un petit homme sec comme une trique et agile comme un singe, grimpa à bord. C'était le second du vapeur. Il lança un seul coup d'œil.

« — Holà, les gars..., vous feriez mieux de l'abandonner. »

« Nous nous taisions. Il s'entretint un moment à l'écart avec le capitaine, — il semblait discuter avec lui. Puis ils s'en allèrent ensemble à bord du vapeur.

« Quand notre capitaine revint, nous apprîmes que le vapeur était le *Somerville*, capitaine Nash, allant d'Australie occidentale à Singapour *via* Batavia, avec le courrier, et qu'il était convenu qu'il nous remorquerait jusqu'à Anjer ou Batavia, où l'on pourrait éteindre l'incendie en sabordant, puis poursuivre notre voyage, — jusqu'à Bangkok ! Le vieux semblait très excité. « Nous y arriverons tout de même », dit-il à Mahon, d'un air farouche. Il montrait le poing au ciel. Nul ne disait mot.

« A midi le vapeur nous prit en remorque. Il s'en allait devant, svelte et haut, et tout ce qui restait de la *Judée* suivait au bout de soixante-dix brasses de remorque, — suivait rapide comme un nuage de fumée avec des bouts de mâts qui dépassaient. Nous montâmes serrer les voiles. Nous toussions dans les vergues et nous faisions soigneusement le chapeau. Vous nous voyez là-haut en train de serrer comme il faut les voiles de ce navire condamné à n'arriver nulle part ? Il n'y en avait pas un de nous qui ne pensait qu'à tout instant la mâture pouvait s'affaler. De là-haut, la fumée nous empêchait de voir le navire, et les hommes travaillaient soigneusement, passant les rabans avec des tours égaux.

« — Et serré comme dans un port, hein ! là-haut ! — criait Mahon d'en bas.

« Vous comprenez ça ? Je ne crois pas qu'un seul de ces gaillards-là pensait redescendre de là-haut de la manière habituelle. Quand ce fut fait, je les entendis qui se disaient l'un à l'autre : « — Eh ben, je croyais bien qu'on dégringolerait par-dessus bord, tous en tas, les mâts et le reste, du diable si je ne le croyais pas ! « — C'est juste ce que je me disais aussi ! — répondait avec lassitude un autre épouvantail, harassé et enveloppé de bandages. « Et notez bien que c'étaient des hommes qui n'avaient pas l'obéissance ancrée dans la peau. Un spectateur n'aurait vu en eux qu'une bande de vauriens cyniques que rien ne rachetait. Qu'est-ce qui leur faisait donc faire tout cela, qu'est-ce qui les fit m'obéir quand, pour la beauté de la chose, je leur fis deux fois lâcher le chapeau de la misaine pour essayer de le refaire mieux ? Dites-le moi. Ils n'avaient pas une réputation professionnelle à soutenir, pas d'exemples, pas de compliments. Ce n'était pas le sentiment du devoir : ils savaient tous tirer au flanc, se la couler douce, se défiler, quand ça leur chantait. Était-ce les deux livres dix par mois qui les faisait grimper là-haut ? Ils trouvaient que leurs gages n'étaient pas de moitié assez bons. Non : c'était quelque chose en eux, quelque chose d'inné, de subtil, d'éternel. Je ne veux pas dire que l'équipage d'un navire marchand français ou allemand ne se serait pas aussi bien comporté, mais je doute qu'il l'eût fait de cette façon. Il y avait là une sorte de plénitude, quelque chose de solide comme un principe et de dominateur comme un instinct, la révélation de quelque chose de secret, de ce quelque chose de caché, de ce don du bien et du mal qui fait les différences de races, et qui façonne le destin des nations.

« Ce fut cette nuit-là à dix heures que pour la première fois depuis que nous le combattions, nous vîmes le feu. La vitesse de notre remorquage avait avivé la destruction latente. Une lueur bleue apparut à l'avant et qui brillait sous les débris du pont. Elle vacillait par plaques, elle semblait remuer et ramper comme la lueur d'un ver luisant. Je fus le premier à la voir et en avertis Mahon. « — Il n'y a plus rien à faire, — fit-il. — Mieux vaut larguer la remorque ou bien le navire va flamber tout d'un coup de bout en bout avant que nous n'ayions le temps de décamper. » « Nous nous mîmes à hurler tous ensemble : on sonna la cloche pour attirer l'attention des autres : ils nous remorquaient toujours. Il nous fallut enfin, Mahon et moi, gagner l'avant à quatre pattes, et couper la remorque à coups de hache. On n'avait pas le temps de larguer les bridures. Nous pouvions voir des langues rouges lécher ce chaos d'éclats de bois sous nos pieds, tandis que nous regagnions la dunette.

» Bien entendu, à bord du vapeur, ils s'aperçurent bientôt que nous n'avions plus de remorque. Le navire lança un coup de sifflet. Nous vîmes ses feux décrire un grand cercle, il approcha, vint tout près le long de nous et stoppa. Nous formions tous un groupe serré sur la dunette et le regardions. Chaque homme avait sauvé un petit paquet ou un sac. Soudain une flamme en forme de cône, tordue au sommet, jaillit à l'avant et jeta sur la mer sombre un cercle de lumière, au centre duquel les deux bâtiments côte à côte se balançaient doucement. Le capitaine Beard était resté assis sur la claire-voie, immobile et muet depuis des heures, mais il se leva alors lentement et vint au-devant de nous jusqu'aux haubans d'artimon. Le capitaine Nash hélait :

« — Arrivez. Dépêchez-vous ! J'ai le courrier à bord. Je vous conduirai vous et vos embarcations jusqu'à Singapoor.

« — Non. Merci, — dit notre capitaine. — Nous devons rester à bord jusqu'au bout.

« — Je ne peux pas attendre plus longtemps, — cria l'autre. Le courrier, vous comprenez !

« — Bon ! Bon ! Ça ira !

« — Bien ! Je vous signalerai à Singapoor. Au revoir. »

« Il fit un geste de la main. Nos hommes tranquillement lâchèrent leurs paquets. Le vapeur mit en avant, et franchissant le cercle de lumière, disparut aussitôt à nos regards éblouis par le feu qui brûlait avec rage. Et c'est alors que je sus que je verrais l'Orient pour la première fois comme commandant d'une petite embarcation. Je trouvais cela beau : et cette fidélité pour le vieux navire était belle. Nous resterions avec lui jusqu'au bout. Oh ! la splendeur de la jeunesse ! Oh ! le feu qu'elle renferme, plus éblouissant que les flammes du navire incendié, ce feu qui jette sur la vaste terre une clarté magique, qui s'élance audacieusement vers le ciel et qui bientôt doit s'éteindre au contact du temps plus cruel, plus impitoyable, plus amer que l'océan, — et qu'environneront, comme les flammes du navire incendié, des ténèbres impénétrables.

. . . .

« De son air inflexible et doux, le vieux nous avertit que nous avions le devoir de sauver pour les assureurs tout ce que l'on pourrait emporter du matériel du navire. Nous nous mîmes donc à la besogne à l'arrière, tandis qu'à l'avant le navire flambait pour mieux éclairer notre ouvrage. Nous tirâmes dehors un tas de saletés. Que n'avons-nous pas sauvé ! Un vieux baromètre fixé par un nombre incroyable de vis faillit me coûter la vie. Je fus enveloppé d'un brusque jet de fumée et j'eus à peine le temps de me garer. Il y avait des réserves de toutes sortes, des pièces de toile à voiles, des glènes de filin, la dunette ressemblait à un magasin de fournitures pour la marine et les embarcations étaient bondées jusqu'aux plats-bords. C'était à croire que le vieux tenait à emporter tout ce qu'il pouvait de son premier commandement. Il était très, très calme, mais avait évidemment un peu perdu la tête. Imaginez-vous qu'il voulait embarquer avec lui dans le grand canot une glène de vieux grelin et une ancre à jet. On lui disait « Oui, oui, capitaine ! » avec déférence, et tout doucement on laissait glisser tout cela par-dessus le bord. Le pesant coffre à médicaments prit le même chemin, avec deux sacs de café vert, des caisses de peintures, — imaginez-vous, de la peinture ! — un tas d'objets. Alors je reçus l'ordre de descendre dans les canots avec deux hommes pour arrimer le tout, et tenir les embarcations prêtes pour le moment où nous aurions à quitter le navire.

« On mit tout en ordre, on mâta le grand canot pour notre capitaine qui devait en prendre le commandement et je ne fus pas fâché de m'asseoir un moment. Il me semblait avoir le visage à vif, tous les membres me faisaient mal comme s'ils avaient été rompus, je sentais toutes mes côtes, et j'aurais juré que j'avais la colonne vertébrale tordue. Les embarcations, amarrées derrière, restaient dans une ombre profonde et je pouvais voir, tout autour, le cercle de la mer qu'éclairait l'incendie. Une flamme gigantesque montait à l'avant, droite et claire. Elle avait un violent éclat, et il en sortait des bruits semblables à des battements d'ailes, d'autres fois un roulement pareil à celui du tonnerre. On entendait des craquements, des détonations ; et, du cône de flamme, des étincelles jaillissaient, ainsi que naît l'homme pour les misères, pour les navires qui font eau et les navires qui brûlent.

« Ce qui me préoccupait, c'était que le navire étant à la bande en travers à la houle et au peu de vent qu'il y avait, — un souffle à peine, — les canots ne voulaient pas rester à l'arrière où ils étaient en sûreté, mais s'obstinaient, avec cet entêtement stupide propre aux embarcations, à se fourrer sous la voûte arrière et à se coller le long du bord. Ils tossaient dangereusement et se rapprochaient de la flamme, tandis que le navire roulait au-dessus, et, bien entendu, il y avait toujours le risque de voir les mâts passer par-dessus bord à tout instant. Moi et mes deux canotiers nous débordions de notre mieux avec des avirons et des gaffes : mais cela devenait exaspérant, d'autant plus qu'il n'y avait aucune raison de ne pas pousser tout de suite. Nous ne pouvions voir ceux qui étaient à bord ni imaginer ce qui les retenait. Les canotiers juraient à mi-voix, et non seulement j'avais ma part de l'ouvrage, mais j'avais encore à y maintenir mes deux gaillards qui avaient constamment tendance à se laisser aller et à tout lâcher.

« A la fin, je me mis à héler. « Dites donc, là-haut ! » et quelqu'un vint regarder par-dessus bord. « Nous sommes parés », lui dis-je. La tête disparut et se montra de nouveau.

« — Le capitaine dit que ça va et de bien déborder les embarcations. »

« Une demi-heure passa. J'entendis tout à coup un fracas épouvantable, ferraillement, bruit de chaînes qui s'entrechoquent, sifflement d'eau, et des milliers d'étincelles s'envolèrent parmi la colonne de fumée frémissante qui, légèrement inclinée, se dressait au-dessus du navire. Les bossoirs avaient été carbonisés et les deux ancres chauffées au rouge étaient parties par le fond, arrachant et entraînant avec elles deux cents brasses de chaînes ardentes. Le navire trembla, la masse de flamme vacilla comme si elle allait s'affaisser et le mât de petit perroquet s'affala. Comme une flèche de feu, il tomba, plongea, puis, rebondissant à une longueur d'aviron des canots se mit à flotter paisiblement, tout noir sur la mer lumineuse. De nouveau, je hélai les gens du pont. Au bout d'un moment, un homme, d'un ton enjoué, fort inattendu, mais étouffé comme s'il s'efforçait de parler la bouche fermée, vint me dire qu'on allait embarquer, et disparut. Longtemps je n'entendis plus rien que le bruissement et le grondement du feu. On entendait aussi des sifflements. Les embarcations dansaient, forçaient sur leurs bosses, se jetaient l'une sur l'autre comme par jeu, s'entrechoquaient, ou bien, malgré nos efforts, elles venaient, en évitant, se coller en paquet contre le flanc du navire. Je finis par ne plus pouvoir le supporter, et, me hissant par un filin, je grimpai à bord par l'arrière.

« Il faisait clair comme en plein jour. En arrivant ainsi, le rideau de feu en face de moi était un spectacle terrifiant, et la chaleur au premier abord semblait à peine supportable. Sur un coussin de banquette qu'on avait monté du carré, le capitaine Beard, les jambes repliées, un bras sous la tête, dormait tandis que la lumière jouait sur lui. Et savez-vous à quoi s'occupaient les autres ?

Assis sur le pont, tous à l'arrière autour d'une caisse ouverte, ils mangeaient du pain et du fromage et buvaient de la bière.

« Contre ce fond de flammes qui se tordaient au-dessus de leurs têtes comme des langues féroces, ils avaient l'air d'être dans leur élément comme des salamandres et faisaient l'effet d'une bande de farouches pirates. Le feu étincelait dans le blanc de leurs yeux, luisait sur la peau blanche que laissaient voir les trous de leurs chemises déchirées. Chacun montrait comme les traces d'une bataille, — têtes entourées de bandages, bras en écharpe, chiffon sale enroulé autour d'un genou, et chaque homme avait une bouteille entre les jambes et un morceau de fromage à la main. Mahon se leva. Avec sa belle figure douteuse, son profil romain, sa longue barbe blanche, et dans la main une bouteille ouverte, on eut dit d'un de ces audacieux forbans de jadis, en train de festoyer au milieu de la violence et du désastre. « — Notre dernier repas à bord ! — expliqua-t-il avec solennité. — Nous n'avons rien mangé depuis ce matin et ça ne servirait à rien de laisser tout cela ici. » Il se mit à brandir la bouteille et me montra du geste le capitaine endormi. « — Il a dit qu'il ne pouvait rien avaler, aussi je l'ai fait s'étendre, — continua-t-il : et comme j'ouvrais de grands yeux : — Je ne sais pas si vous vous rendez compte, jeune homme, que cet homme-là n'a pour ainsi dire pas dormi depuis des jours, et dans les embarcations on aura fichtrement peu de sommeil ! « — Si vous vous amusez encore longtemps de cette façon, il n'y en aura bientôt plus d'embarcation ! — fis-je indigné. « J'allai jusqu'au capitaine et me mis à le secouer par l'épaule. A la fin il ouvrit les yeux, mais ne bougea pas.« — Il est temps de quitter le navire, capitaine, — lui dis-je tranquillement.

« Il se leva péniblement, regarda les flammes, la mer étincelante autour de son navire et, plus loin, noire, noire comme de l'encre : il regarda les étoiles qui brillaient d'un éclat atténué à travers un mince nuage de fumée, dans un ciel noir, noir comme l'Érèbe.

« — Les plus jeunes d'abord, — dit-il.

« Et le simple matelot, s'essuyant la bouche du revers de la main, se leva, enjamba le couronnement et disparut. Les autres suivirent. L'un d'eux, au moment de quitter le bord, s'arrêta court pour achever sa bouteille, et l'ayant vidée, la jeta d'un grand geste dans le feu.

« — Attrape ça ! — cria-t-il.

« Le capitaine s'attardait, navré, et nous le laissâmes un moment tout à sa communion solitaire avec son premier commandement. Puis je remontai et finis par l'emmener. Il était temps, les ferrures du couronnement étaient chaudes au toucher.

« Alors on coupa la bosse du grand canot et les trois embarcations amarrées ensemble s'écartèrent du navire. Seize heures exactement s'étaient écoulées depuis l'explosion, quand nous l'abandonnâmes. Mahon avait la charge du second canot et moi du plus petit, celui de quatorze pieds. Le grand canot aurait pu nous prendre tous : mais le patron avait déclaré qu'il fallait sauver autant de matériel qu'on le pouvait, — pour les assureurs. Et c'est ainsi que j'obtins mon premier commandement. J'avais deux hommes avec moi, un sac de biscuit, quelques boîtes de viande de conserve et un baril d'eau douce. J'avais ordre de rester près du grand canot pour qu'en cas de mauvais temps il put nous prendre à bord.

« Et savez-vous ce que je pensais ? Je pensais que je lui fausserais compagnie aussi tôt que possible. Je voulais jouir tout seul de mon premier commandement. Je n'allais pas faire de la navigation d'escadre, si l'occasion s'offrait d'une croisière indépendante. Je ferais mon atterrissage tout seul. Je battrais les autres canots. Jeunesse ! Jeunesse que tout cela ! La sotte, la charmante et la belle jeunesse !

« Mais nous ne nous mîmes pas en route tout de suite. Il fallait rester avec le navire jusqu'au bout. Et cette nuit-là, les embarcations flottèrent à la dérive, montant et descendant sur la houle. Les hommes sommeillaient, se réveillaient, soupiraient, geignaient. Moi je regardais brûler le navire.

« Au milieu des ténèbres de la terre et du ciel, il brûlait avec rage sur un disque de mer pourpre que frappait le jeu de reflets sanglants, sur un disque d'eau scintillante et sinistre. Une flamme haute et claire, une flamme immense et solitaire, montait de l'océan, et, de son sommet, la fumée noire s'épanchait continuellement vers le ciel. Le navire brûlait avec fureur, lugubre et imposant comme un bûcher funèbre allumé dans la nuit, entouré par la mer, sous le regard des étoiles. Une mort magnifique était accordée comme une grâce, comme un don, comme une récompense, à ce vieux navire au terme d'une vie de labeur. Voir ce fantôme épuisé se remettre ainsi à la garde des astres et de la mer était aussi émouvant que le spectacle d'un glorieux triomphe. Les mâts s'affalèrent juste à l'aube : un moment, une explosion, un tourbillon d'étincelles parut emplir de feux ailés la nuit patiente et attentive, la vaste nuit silencieuse, étendue sur la mer. Le navire n'était plus à la pointe du jour, qu'une coque carbonisée qui flottait immobile sous un nuage de fumée et qui portait dans ses flancs une masse incandescente de charbon.

« Alors on arma les avirons et les canots en ligne de file tournèrent autour de ses ruines, en procession, — le grand canot en tête. Comme nous passions sur l'arrière, une mince flèche de feu darda vers nous son trait, et tout à coup le navire coula l'avant le premier, dans un grand sifflement de vapeur. L'arrière que le feu n'avait pas encore atteint, fut le dernier à couler : mais la peinture en était partie, s'était craquelée, pelée, et il n'y avait plus de lettres, il n'y avait plus de mots, plus de devise résolue, pareille à l'âme du navire, pour lancer dans un éclair au soleil qui se levait, sa foi et son nom.

« Nous mîmes le cap au nord. La brise se leva soudain et vers midi toutes les embarcations se rallièrent pour la dernière fois. Je n'avais dans la mienne ni mât ni voile : mais je fis un mât avec un aviron de rechange et je hissai comme voile une tente avec une gaffe en guise de vergue. Le canot était assurément trop lourdement mâté, mais j'avais la satisfaction de savoir qu'avec vent arrière, j'étais capable de battre les deux autres Il me fallut les attendre. Puis tout le monde jeta un coup d'œil sur le routier du capitaine, et après un cordial repas de biscuit et d'eau, nous reçûmes nos dernières instructions. Elles étaient simples : faire route au nord et garder le contact autant que possible. « Prenez garde avec ce gréement de fortune, Marlow, me dit le capitaine ; » et comme je dépassais fièrement son canot, Mahon me cria en fronçant son nez recourbé : « Vous naviguerez si bien que vous collerez votre barque par le fond, mon garçon, si vous n'y faites attention. » Ce vieux-là était plein de malignité, mais que le vaste océan où il dort à présent le berce avec douceur, le berce avec tendresse, jusqu'à la fin des temps.

« Avant le coucher du soleil un gros grain passa sur les deux canots qui se trouvaient derrière et je ne devais plus les revoir de longtemps. Le lendemain, je tins la route sur ma coquille de noix, — mon premier commandement, — sans rien autour de moi que la mer et le ciel. J'aperçus bien, dans l'après-midi, les voiles hautes d'un navire au loin, mais je me gardai bien d'en rien dire et mes hommes ne le remarquèrent pas. C'est que, voyez-vous, je craignais qu'il ne fit route pour l'Angleterre et je n'avais pas envie de tourner le dos aux portes de l'Orient. Je gouvernai sur Java, — autre nom béni, — comme celui de Bangkok, vous savez. Je gouvernai pendant des jours.

« Je n'ai pas besoin de vous dire ce que c'est que de tosser dans une embarcation non pontée. Je me rappelle des nuits et des jours de calme plat, où nous souquions, nous souquions et où le canot semblait immobile comme ensorcelé dans le cercle de l'horizon. Je me rappelle la chaleur, le déluge des grains qui nous obligeaient à écoper sans arrêt pour sauver notre peau (mais qui remplissaient notre baril) et je me rappelle les seize heures d'affilée que nous passâmes, la bouche sèche comme de la cendre, tandis qu'avec un aviron de queue, je tenais mon premier commandement debout à la lame. Je n'avais pas su jusque-là à quel point j'étais pour de bon un homme. Je me rappelle les visages tirés, les silhouettes accablées de nos deux matelots, et je me rappelle ma jeunesse, ce sentiment qui ne reviendra plus, — le sentiment que je pouvais durer éternellement, survivre à la mer, au ciel, à tous les hommes : ce sentiment dont l'attrait décevant nous porte vers des joies, vers des dangers, vers l'amour, vers l'effort illusoire, — vers la mort : conviction triomphante de notre force, ardeur de vie brûlant dans une poignée de poussière, flamme au cœur, qui chaque année s'affaiblit, se refroidit, décroît et s'éteint, — et s'éteint trop tôt, trop tôt, — avant la vie elle-même.

« Et c'est encore ainsi que l'Orient m'apparaît. J'ai connu ses recoins secrets et j'ai pénétré jusqu'au fond même de son âme : mais à présent, c'est toujours d'une petite embarcation que je la vois, haute ligne de montagnes, bleues et lointaines au matin : pareilles à une brume légère à midi : muraille de pourpre dentelée au coucher du soleil. J'ai encore dans la main la sensation de l'aviron, et dans les yeux la vision d'une mer d'un bleu éclatant. Et je vois une baie, une vaste baie, lisse comme du verre, polie comme de la glace, qui miroite dans l'ombre. Une lueur rouge brille au loin dans le noir de la terre : la nuit est molle et chaude. De nos bras endoloris, nous souquons sur les avirons, et tout à coup, une risée, une risée faible et tiède, toute chargée d'étranges parfums de fleurs, de bois aromatiques, s'exhale de la nuit paisible, — premier soupir de l'Orient sur ma face. Cela, jamais je ne pourrai l'oublier. C'était un souffle impalpable et enchanteur, comme un charme, comme le chuchotement prometteur de mystérieuses délices.

« Nous avions nagé onze heures, durant cette dernière étape. Nous étions deux aux avirons, et celui dont c'était le tour de se reposer tenait la barre. Nous avions aperçu le feu rouge de cette baie et nous avions mis le cap dessus, pensant bien qu'il devait marquer quelque petit port côtier. Nous avions dépassé deux navires d'aspect exotique, d'arrière très haut, endormis à l'ancre, et en approchant du feu, très faible maintenant, le canot vint heurter du nez l'extrémité d'un appontement. Nous étions morts de fatigue. Mes hommes lâchèrent les avirons et s'affalèrent sur les bancs comme des cadavres. Je m'amarrai à un pieu. Un courant ridait l'eau mollement. L'obscurité parfumée du rivage formait de vastes masses, probablement des touffes colossales de végétation, — formes muettes et fantastiques. A leurs pieds le demi-cercle d'une plage étincelait faiblement, comme une illusion. Pas une lumière, pas un mouvement, pas un son. Le mystérieux

Orient était devant moi, parfumé comme une fleur, silencieux comme la mort, sombre comme un tombeau.

« Et je restais là, exténué au delà de toute expression, exultant comme un conquérant, incapable de dormir et extasié comme devant une profonde, une fatale énigme.

« Un clapotis d'avirons, plongeant en cadence et qui répercuté par la surface de l'eau et accru encore par le silence, se traduisait en claquements sonores, me fit me dresser d'un bond. Une embarcation, une embarcation européenne arrivait. J'invoquai le nom de la morte, et hélai : « *Judée*, ohé ! » Un faible cri me répondit.

« C'était le capitaine. J'avais devancé de trois heures le vaisseau-amiral et je fus heureux de réentendre la voix du vieux tremblante et lasse : « — Est-ce vous, Marlow ? « — Méfiez-vous du bout de l'appontement, capitaine, criai-je. « Il approcha avec précaution et vint accoster, avec la ligne de grande sonde que nous avions sauvée, — pour les assureurs. Je mollis ma bosse et me laissai culer. Il était assis là, à l'arrière, dans une attitude défaite, tout trempé de rosée, les mains jointes sur les genoux. Ses hommes étaient déjà endormis. « — J'ai passé un sacré moment, — murmura-t-il, — Mahon est derrière, pas très loin. « Nous nous entretenions à voix basse, comme si nous avions eu peur de réveiller la terre. Le canon, le tonnerre, un tremblement de terre n'auraient pas, à ce moment, éveillé ces hommes.

« Tout en parlant, je me retournai et vis un large feu brillant qui glissait dans la nuit.

« — Voilà un vapeur qui passe en vue de la baie. — dis-je.

« Il ne passait pas, il entrait, et même il vint tout près et mouilla.

« — Je voudrais bien, — me dit le capitaine, — que vous alliez voir si c'est un anglais. Peut-être qu'il pourrait nous donner passage pour un endroit quelconque. » Il avait l'air inquiet et agité. A force de bourrades et de coups de pied, je parvins à mettre un de mes hommes en état de somnambulisme, et lui passant un aviron, j'en pris un autre et nous nageâmes vers les feux du vapeur.

« Il nous en parvenait un bruit confus de voix, de chocs sourds et métalliques venant de la chambre des machines, de pas sur le pont. Ses hublots brillaient, ronds comme des yeux écarquillés. Des formes allaient et venaient, et l'on distinguait en haut, sur la passerelle la forme vague d'un homme. Il entendit le bruit de nos avirons.

« Alors, avant que j'eusse pu ouvrir la bouche, j'entendis l'Orient me parler, mais avec une voix d'Occident. Un torrent de mots se déversa dans le silence énigmatique et fatal, des paroles étrangères, courroucées, mêlées à des mots et même à des phrases entières de bon anglais, moins étranges, mais plus surprenantes encore. La voix jurait et tempêtait avec violence : elle criblait d'une bordée de jurons la paix solennelle de la baie. Elle commença par m'appeler : « Cochon ! » et continua *crescendo* à m'agonir d'une série d'épithètes plus impossibles à redire les unes que les autres, — en anglais. L'homme là-haut rageait à tue-tête en deux langues, et avec, dans sa fureur, une telle sincérité qu'elle alla presque jusqu'à me convaincre que j'avais, de façon ou d'autre, attenté à l'harmonie de l'univers. Je le voyais à peine, mais commençais à penser qu'il finirait par avoir une attaque.

« Il s'arrêta tout d'un coup, et je l'entendis qui reniflait et soufflait comme un phoque.

« — Quel est ce vapeur, je vous prie, — lui criai-je.

« — Hein ? Qu'est-ce que c'est. Et vous qui êtes-vous donc ?

« — L'équipage naufragé d'un trois-mâts anglais incendié en mer. Nous sommes arrivés cette nuit. Je suis le lieutenant. Le capitaine est dans le grand canot et voudrait savoir si vous nous donneriez passage pour quelque part.

« — Ah ! bon Dieu ! Dites-moi... Nous sommes le *Celestial* de Singapoor et nous rentrons. J'arrangerai ça avec votre capitaine dans la matinée... et... dites-moi, vous m'avez entendu tout à l'heure ?

« — J'imagine qu'on a pu vous entendre dans toute la baie.

« — Je vous ai pris pour un canot d'ici. Hé, vous voyez, — ce sacré feignant de propre-à-rien de gardien s'est encore endormi, — que le diable l'emporte ! Le feu est éteint et j'ai failli me coller sur ce sacré appontement. C'est la troisième fois qu'il me joue ce tour-là. Je vous le demande, est-ce qu'on peut vraiment tolérer chose pareille. Il y a de quoi vous rendre fou. Je le signalerai... et le ferai fiche dehors par le vice-résident, nom de... ! Voyez, — il n'y a pas de feu. Il est éteint, n'est-ce pas ? Je vous prends à témoin qu'il est éteint. Il devrait y avoir un feu là, voyez-vous. Un feu rouge sur la...

« — Il y en avait un, — fis-je, doucement.

« — Mais il est éteint, mon garçon ! A quoi bon parler comme cela ? Vous voyez bien vous-même qu'il est éteint... hein ? Si vous aviez à conduire un beau vapeur le long de cette côte de malheur, vous en voudriez aussi un, de feu. Je lui flanquerai une raclée tout du long de son sacré appontement. Vous verrez un peu si je le manque. Je... .

« — Alors je peux dire au capitaine que vous allez nous prendre, — interrompis-je.

« — Oui, je vous prendrai. Bonsoir, — dit-il brusquement.

« Je virai de bord et je m'amarrai de nouveau

à l'appontement, et puis je m'endormis enfin ! J'avais affronté le silence de l'Orient. J'avais entendu un peu de son langage. Mais quand je rouvris les yeux, le silence était aussi absolu que si rien n'était jamais venu le rompre. Je reposais dans un flot de lumière, et jamais le ciel ne m'avait auparavant semblé ni si loin, ni si haut. J'ouvris les yeux et demeurai étendu sans bouger.

« C'est alors que je vis les hommes de l'Orient, — ils me regardaient. Toute la longueur de l'appontement s'était remplie de gens. Je vis des visages bruns, bronzés, jaunes, des yeux noirs, l'éclat, la couleur d'une foule orientale. Et tous ces êtres nous regardaient fixement, sans un murmure, sans un soupir, sans un geste. D'en haut, ils regardaient les canots, les hommes assoupis qui, pendant la nuit, étaient venus vers eux de la mer. Rien ne bougeait. Les frondaisons des palmiers se dressaient immobiles contre le ciel. Pas une seule branche ne remuait le long de ce rivage, et les toits bruns des maisons s'apercevaient à travers le feuillage vert, à travers de larges feuilles qui pendaient, luisantes et immobiles, comme si elles eussent été faites de quelque lourd métal. C'était là l'Orient des anciens navigateurs, si vieux, si mystérieux, resplendissant et sombre, vivant et immuable, plein de dangers et de promesses. Et c'était là ses hommes. Je me redressai tout à coup. Une ondulation se propagea d'un bout à l'autre de la foule, passa le long des têtes, fit osciller les corps, courut le long de l'appontement comme une ride sur l'eau, comme le souffle du vent sur un champ, puis tout reprit son immobilité. Je revois tout cela, — le vaste cercle de la baie, les sables qui scintillent, la richesse d'une verdure infinie et variée, la mer bleue comme une mer de rêve, la foule des visages attentifs, l'éclat des couleurs crues, — l'eau qui réfléchit tout, la courbe du rivage, l'appontement, le navire exotique avec sa poupe élevée, qui flotte immobile, et les trois canots, avec ses hommes accablés, venus d'Occident, et qui dorment sans souci de la terre et des hommes, ni de l'ardeur du soleil. Ils dormaient, en travers des bancs, tassés en rond sur les planches du fond, dans des attitudes abandonnées, comme des morts. La tête du vieux capitaine, appuyée à l'arrière du grand canot, était retombée sur sa poitrine et on aurait dit qu'il n'allait jamais se réveiller. Plus loin la figure du vieux Mahon était tournée vers le ciel, sa longue barbe blanche étalée, comme s'il avait été frappé d'une balle, tandis qu'il tenait la barre ; et un homme, affalé à l'avant du canot, dormait en entourant l'étrave de ses deux bras, et la joue collée contre le plat-bord. L'Orient les contemplait en silence.

« Depuis lors j'ai connu sa séduction : j'ai vu des rivages mystérieux, l'eau immobile, les terres de nations brunes, où une Némésis furtive épie, poursuit, surprend tant d'hommes de la race conquérante, fiers de leur sagesse, de leur savoir, de leur puissance. Mais, pour moi, tout l'Orient tient dans cette vision de ma jeunesse. Il tient tout entier dans cet instant où j'ouvris sur lui mes jeunes yeux. Je l'avais abordé au sortir d'un combat avec la mer, — et j'étais jeune, — et je le vis qui me regardait. Et voilà tout ce qui en reste ! Rien qu'un moment : un moment de force, d'aventure, de splendeur, — de jeunesse !... Un éclair de soleil sur un rivage étrange, le temps d'un souvenir, l'espace d'un soupir et puis, adieu ! La nuit. — Adieu !... »

Il but.

« Ah ! le bon vieux temps, — le bon vieux temps ! La jeunesse et la mer. L'enchantement et la mer ! La bonne, la rude mer, la mer âcre et salée qui murmurait à votre oreille et rugissait contre vous et vous coupait brutalement le souffle. »

Il but de nouveau.

« Entre toutes les merveilles du monde, il y a la mer, je crois, la mer elle-même, — ou bien est-ce seulement la jeunesse ? Qui peut le dire ? Mais vous autres, — vous avez tous eu quelque chose de la vie : de l'argent, de l'amour, — tout ce que l'on trouve à terre, — eh bien ! dites-moi, n'était-ce pas le meilleur temps, ce temps où nous étions jeunes à la mer : jeunes et sans rien à nous, sur la mer qui ne vous donne rien, que de rudes coups, — et parfois l'occasion d'éprouver votre force, — rien que cela, — ce que vous regrettez tous ? »

Et tous, nous l'approuvions : l'homme de finance, l'homme de chiffres, l'homme de loi, tous nous l'approuvions, par-dessus la table polie qui, comme une immobile nappe d'eau brune, réfléchissait nos visages sillonnés et ridés : nos visages marqués par le travail, par les déceptions, par le succès, par l'amour : et nos yeux las cherchant encore, cherchant toujours, cherchant avidement, à arracher à la vie ce quelque chose qui, alors qu'on l'attend encore, s'est déjà dissipé, — a passé à notre insu dans un soupir, dans un éclair, — avec la jeunesse, avec la force, avec la séduction romanesque des illusions.

LE CŒUR DES TÉNÈBRES

I

Le yacht la *Nellie* évita sur l'ancre, sans un battement dans ses voiles, et se trouva arrêté. La marée était étale, le vent presque tombé ; comme nous avions à descendre le fleuve, il ne nous restait plus qu'à mouiller en attendant le reflux.

L'estuaire de la Tamise s'ouvrait devant nous, pareil à l'entrée d'un interminable chenal. Au large, le ciel et la mer se confondaient, sans un joint, et dans l'espace lumineux, les voiles hâlées des barges qui dérivaient avec la marée semblaient s'immobiliser en rouges essaims de toile haut tendue, où les espars polis luisaient. Une brume reposait sur les berges basses dont les lignes fuyantes se perdaient dans la mer. L'air était sombre au-dessus de Gravesend, et plus en arrière semblait former en s'épaississant une sorte d'obscurité désolée qui pesait sans mouvement au-dessus de la plus grande ville du monde, la plus illustre aussi

L'Administrateur de Sociétés était notre capitaine et notre hôte. Tous les quatre nous considérions affectueusement son dos, tandis qu'il se tenait à l'avant, les yeux tournés vers la mer. Rien sur tout le fleuve n'avait l'air plus nautique que lui. Il avait proprement l'aspect du pilote, ce qui pour un marin est la sécurité personnifiée. Il était malaisé d'imaginer que son métier l'appelait, non point dans l'estuaire lumineux, mais là-bas derrière, au sein de cette obscurité en suspens.

Il y avait entre nous, comme je l'ai déjà dit quelque part, le lien de la mer. Outre qu'il maintenait le contact entre nos cœurs durant les longues périodes de séparation, il avait pour effet de nous rendre réciproquement tolérants à l'égard de nos histoires, voire de nos convictions. L'Homme de Loi, — le meilleur d'entre tous les camarades, — détenait en raison de ses nombreuses années et de ses maintes qualités le seul coussin qu'il y eût sur le pont et était étendu sur notre unique couverture. Le Comptable avait déjà sorti une boîte de dominos et jouait à faire des constructions avec ses morceaux d'os. Quant à Marlow, il était assis, les jambes croisées, à l'arrière, appuyé au mât d'artimon. Il avait les joues creuses, le teint jaune, le torse droit, un aspect ascétique, et avec ses bras pendants, la paume des mains en dehors, il ressemblait à une idole. L'administrateur s'étant assuré que l'ancre avait mordu, regagna l'arrière et prit place au milieu de nous.

Nous échangeâmes quelques mots nonchalamment. Ensuite il se fit un silence à bord du yacht. Pour je ne sais quelle raison, nous n'entamâmes point cette partie de dominos. Nous nous sentions pensifs et disposés à rien d'autre qu'à une placide contemplation. Le jour s'achevait dans une sérénité d'un éclat tranquille et exquis. L'eau brillait paisiblement ; le ciel, sans une tache, n'était que bénigne immensité de lumière pure ; le brouillard même, sur les marais de l'Essex, était pareil à un tissu transparent et radieux qui, accroché aux collines boisées de l'intérieur, drapait les rives basses dans ses plis diaphanes. Seule l'obscurité à l'Ouest, suspendue au-dessus des eaux d'amont, se faisait d'instant en instant plus épaisse, comme irritée par l'approche du soleil.

Et enfin, dans sa chute oblique et imperceptible, le soleil toucha l'horizon et du blanc incandescent passa à un rouge obscur, sans rayons et sans chaleur, comme s'il allait soudainement s'éteindre, touché à mort au contact de cette nuée qui couvait une multitude d'hommes.

L'aspect des eaux aussitôt s'altéra : la sérénité se fit moins brillante mais plus profonde. Le vieux fleuve dans sa large étendue reposait sans une ride au déclin du jour, après tant de siècles de loyaux services à la race qui peuplait ses bords, étendu dans la tranquille dignité d'un chenal menant aux confins les plus reculés du monde.

Nous contemplions le flot vénérable, non à la passagère clarté d'une de ces brèves journées qui s'allument et disparaissent à jamais, mais à la lumière auguste des souvenirs qui durent. Et de fait, rien n'est plus aisé, pour l'homme qui selon l'expression consacrée a « couru les mers » avec respect et ferveur, que d'évoquer la grande âme du passé sur l'estuaire de la Tamise. Le courant de la marée qui va et vient dans son incessant labeur est peuplé du souvenir des hommes et des vaisseaux qu'il a portés vers le repos du foyer ou aux batailles de l'Océan. Il a connu et servi ces hommes dont la nation s'enorgueillit, de Sir Francis Drake à Sir John Franklin, chevaliers tous, titrés ou non, les grands chevaliers errants de la mer ! Il les a tous portés, ces navires dont les noms sont pareils à des joyaux étincelant dans la nuit des temps, depuis le *Golden Hind*, rentrant au port, ses flancs ronds tout emplis de trésors, pour être visité par une Reine et disparaître aussitôt de la glorieuse légende, jusqu'à l'*Erebus* et au *Terror*, partis pour d'autres conquêtes — et qui ne revinrent jamais. Il a connu les navires et les hommes, ceux partis de Deptford, de Greenwich, d'Erith, les aventuriers et les colons, navires du Roi et navires des gens de la Bourse, capitaines et amiraux, sombres « interlopes » du trafic du Levant et « généraux » commissionnés aux flottes des Indes Orientales. Ceux qui chassaient l'or et ceux qui poursuivaient la gloire, tous avaient descendu ces eaux, portant l'épée et souvent la torche, hérauts de la puissance de cette terre, dépositaires d'une étincelle du feu sacré. Quelle grandeur n'avait dérivé au fil de ce fleuve vers la promesse d'un monde inconnu !... Rêves d'hommes ; semence de dominions ; germes d'empires !...

Le soleil s'était couché : l'ombre tomba sur les eaux, et des lumières commencèrent d'apparaître au long du rivage. Le phare de Chapman, hissé comme sur trois pattes, au-dessus de son banc de vase, jetait un vif éclat. Des feux de navire glissaient dans le chenal, faisaient un grand remuement de lueurs qui avançaient ou s'éloignaient. Et plus à l'Ouest, au-dessus des eaux d'amont, l'emplacement de la ville monstrueuse demeurait sinistrement marqué dans le ciel, nuée pesante durant le jour, reflet livide sous les étoiles.

— « Et ceci aussi, dit Marlow tout à coup, a été un des endroits sauvages de la terre !... »

Il était le seul d'entre nous qui courût encore les mers. Le pis qu'on eût pu dire de lui, c'est qu'il ne représentait pas son espèce. C'était un marin, mais un vagabond aussi, alors que la plupart des marins mènent, si l'on peut ainsi s'exprimer, une vie sédentaire. Leur âme est casanière ; leur maison, le navire, est toujours avec eux et pareillement leur pays, qui est la mer. Aucun navire qui ne ressemble à un autre navire, et la mer est toujours la même. Dans l'immuabilité de ce qui les entoure, les rivages étrangers, les visages étrangers, la changeante immensité de la vie, tout demeure distant à leurs yeux, voilé non pas par le sens du mystère, mais par leur ignorance dédaigneuse : car il n'est rien de mystérieux pour un marin en dehors de la mer elle-même, qui est maîtresse de son existence et aussi impénétrable que la Destinée. Quant au reste, après les heures de travail, une flânerie fortuite, ou une bordée à terre a tôt fait de lui découvrir le secret de tout un continent et, généralement, il estime que le secret n'en valait pas la peine. Les histoires de marins ont une simplicité directe, dont tout le sens tient dans la coquille d'une noix craquée. Mais Marlow n'était pas typique (réserve faite pour son penchant à dévider des histoires) et pour lui la portée d'un épisode, ce n'était pas à l'intérieur qu'il fallait la chercher, comme un noyau, mais extérieurement, dans ce qui, enveloppant le récit, n'avait fait que la manifester, comme la chaleur suscite la brume, à la façon de ces halos de brouillard que parfois rend visibles l'illumination spectrale du clair de lune.

Sa remarque n'avait guère paru surprenante. C'était du Marlow tout pur. Elle fut accueillie en silence. Personne ne prit même la peine de murmurer, et après un instant, il dit, lentement :

— « Je songeais à ces temps très anciens où

les Romains, pour la première fois, apparurent ici, il y a tantôt dix-neuf cents ans. — Hier, après tout... Il est sorti quelque lumière de ce fleuve, depuis lors... Les chevaliers de la Table Ronde, allez-vous dire... Sans doute, mais c'est la flamme qui court dans la plaine, le feu de l'éclair parmi les nuages... Pour nous — c'est dans un clignottement de clarté que nous vivons — et puisse-t-il durer aussi longtemps que tournera ce vieux globe !.. Hier pourtant, les ténèbres étaient encore ici... Imaginez l'état d'âme du capitaine d'une jolie... comment appelez-vous ça ! — oui : d'une jolie trirème de la Méditerranée, recevant brusquement l'ordre de se rendre dans le Nord, mené par terre, en hâte, à travers les Gaules, et venant prendre le commandement d'un de ces bâtiments que les légionnaires, — et ce devait être d'habiles gaillards ! — construisaient par centaines, en un mois ou deux s'il faut en croire ce que nous lisons... Imaginez-le ici, le bout du monde, — une mer couleur de plomb, un ciel couleur de fumée, une espèce de bateau à peu près aussi rigide qu'un accordéon et remontant ce fleuve avec du matériel, des ordres, ou tout ce que vous voudrez... Des bancs de sable, des marécages, des forêts, des sauvages, bien peu de chose à manger pour un homme civilisé, et, pour boire, rien que de l'eau de la Tamise... Point de Falerne ici, ni de descente à terre. Çà et là un camp militaire perdu dans la sauvagerie, comme une aiguille dans une botte de foin ; le froid, le brouillard, les tempêtes, les maladies, l'exil et la mort : la mort rôdant dans l'air, dans l'eau, dans les fourrés... Ils devaient mourir comme des mouches ici !... Et cependant il s'en tirait. Il s'en tirait même fort bien sans doute et sans trop y songer, sinon, plus tard, peut-être pour se vanter de tout ce qu'il lui avait fallu endurer en son temps. Oui, ils étaient hommes à regarder les ténèbres en face. — Et peut-être se réconfortait-il à songer à ses chances de promotion à la flotte de Ravenne — pour peu qu'il eût de bons amis à Rome et qu'il résistât à l'affreux climat. — Ou bien encore, imaginez un jeune citoyen de bonne famille en toge, — trop de goût pour les dés, peut-être, vous savez où cela mène — arrivant ici à la suite de quelque préfet, d'un percepteur d'impôt, voire d'un marchand, pour rétablir sa fortune. Débarquer dans une fondrière, marcher à travers bois et enfin dans quelque poste à l'intérieur sentir que la sauvagerie, l'absolue sauvagerie s'est refermée autour de vous, toute cette vie mystérieuse de la sauvagerie, qui remue dans le fourré, dans la jungle, dans le cœur même des hommes sauvages. Et il n'y a pas d'initiation possible à ces mystères-là !... Il lui faut vivre au sein de l'incompréhensible, ce qui en soi déjà est détestable... Et il y a là-dedans une sorte de fascination pourtant qui se met à le travailler. La fascination de l'abominable, voyez-vous... Imaginez les regrets grandissants, le désir de fuir, le dégoût impuissant, les larmes et la haine. »

Il s'arrêta :

« Notez, reprit-il, en levant un avant-bras, la paume de la main en dehors, si bien qu'avec ses jambes repliées devant lui, il avait la pose d'un Bouddha, prêchant en habits européens et sans fleur de lotus. Notez qu'aucun de nous ne passerait exactement par là. Ce qui nous sauve, c'est le sens de l'utilité, le culte du rendement. Mais ces hommes-là, au fait, n'avaient pas beaucoup de fond... Ils n'étaient pas colonisateurs : leur administration n'était que l'art de pressurer et rien de plus, je le crains. C'était des conquérants, et pour cela, il ne vous faut que la force matérielle, rien dont il y ait lieu d'être fier lorsqu'on la détient, puisque votre force n'est tout juste qu'un accident résultant de la faiblesse des autres. Ils mettaient la main sur tout ce qu'ils pouvaient attraper, pour le seul plaisir de tenir ce qu'il y avait à posséder. C'était là proprement pillage avec violence, meurtre prémédité sur une grande échelle, et les hommes y allant à l'aveugle, comme font tous ceux qui ont à se mesurer aux ténèbres. La conquête de la terre, qui consiste principalement à l'arracher à ceux dont le teint est différent du nôtre ou le nez légèrement plus aplati, n'est pas une fort jolie chose, lorsqu'on y regarde de trop près. Ce qui rachète cela, c'est l'Idée seulement. Une idée derrière cela, non pas un prétexte sentimental, mais une idée et une foi désintéressée en elle, quelque chose, en un mot, à exalter, à admirer, à quoi on puisse offrir un sacrifice... »

Il s'interrompit. Des lueurs passaient sur le fleuve, minces lueurs vertes, rouges ou blanches, qui se poursuivaient, se rattrapaient, se joignaient, se traversaient pour se séparer ensuite, lentement ou en hâte. Le trafic de la grande ville continuait au milieu de la nuit qui s'approfondissait sur le fleuve sans sommeil. Nous regardions et attendions patiemment, — il n'y avait rien d'autre à faire jusqu'à la fin de la marée. Ce ne fut qu'après un long silence quand il nous dit d'une voix hésitante : « Je suppose que vous vous souvenez, vous autres, qu'une fois je me suis fait marin d'eau douce, pour quelque temps », que nous comprîmes que nous étions destinés, avant que le reflux ne se fît sentir, à entendre le récit d'une des inconcluantes expériences de Marlow.

« Je n'ai pas l'intention de vous infliger le détail de ce qui m'est arrivé personnellement, commença-t-il, — non sans trahir par cette remarque l'erreur commune à tant de conteurs qui semblent si souvent ne point se douter de ce que leur auditoire préférerait entendre. — Pourtant pour apprécier l'effet produit sur moi, il faut bien que vous sachiez comment je fus amené là-bas, ce que j'y vis et comment je remontai ce fleuve jusqu'à l'endroit où pour la première fois je me trouvai en présence du pauvre diable. C'était le point extrême accessible à la navigation : ce fut aussi le point culminant de mon aventure. Il me parut répandre une sorte de lumière sur toutes choses autour de moi et dans mes pensées. Il était sombre à souhait, cependant — et lamentable — point extraordinaire en quoi que ce fût — pas très clair non plus... Non, pas très clair... — Et néanmoins, il semblait répandre une espèce de lumière...

« Je venais tout juste à ce moment, vous vous en souvenez, de rentrer à Londres, après force service dans l'Océan Indien, le Pacifique, les mers de Chine — une dose régulière d'Extrême-Orient, quoi !... Six ans ou peu s'en faut — et je flânais de-ci de-là, vous empêchant de travailler et envahissant vos foyers, tout comme si j'avais reçu mission du Ciel de vous civiliser. Ce fut charmant pour un temps, mais j'en eus bientôt assez de me reposer. Je commençai alors à chercher un navire — la plus dure corvée, je crois bien, qui soit au monde. Mais les navires ne daignaient même pas s'apercevoir de mon existence. Et de ce jeu-là aussi, je finis par me lasser.

« Or quand j'étais gamin, j'avais la passion des cartes. Je restais des heures à considérer l'Amérique du Sud, ou l'Afrique ou l'Australie — perdu dans toutes les gloires de l'exploration. A cette époque, il y avait pas mal d'espaces blancs sur la terre et quand j'en apercevais un sur la carte qui avait l'air particulièrement attrayant (mais ils ont tous cet air-là !) je posais le doigt dessus et disais : « Quand je serai grand, j'irai là ». Le Pôle Nord fut l'un de ces blancs, je me rappelle. Je n'y suis pas encore allé et à présent je n'essaierai pas... Le prestige a disparu... D'autres blancs étaient dispersés autour de l'Équateur et par toutes sortes de latitudes sur les deux hémisphères... Je suis allé voir certains d'entre eux, et..., — mais ce n'est pas de cela qu'il s'agit. Il y en avait un cependant, le plus grand, le plus « blanc » si j'ose dire qui entre tous m'attirait.

« Il est vrai qu'au moment dont je vous parle, ce n'était plus un vrai blanc. Depuis mon enfance, il s'était garni de rivières, de lacs, de noms. Il avait cessé d'être un vide espace de mystérieuses délices, l'endroit vierge à faire glorieusement rêver un enfant. C'était devenu une région de ténèbres. Il y avait là notamment un fleuve, un énorme fleuve qu'on distinguait sur la carte, pareil à un immense serpent déroulé, la tête dans la mer, son corps au repos s'étendant au loin au travers d'une vaste contrée, la queue perdue dans les profondeurs de l'intérieur. Et tandis que j'en contemplais la carte à une devanture, il me fascinait comme un serpent le ferait d'un oiseau, un pauvre petit oiseau sans cervelle. Ensuite je me souvins qu'il existait alors une grosse entreprise, une Compagnie pour le commerce sur ce fleuve. Que diable, pensai-je, ils ne peuvent faire du commerce sans utiliser une espèce quelconque de bâtiment sur tout ce flot d'eau douce, — des vapeurs ! Pourquoi ne pas essayer de m'en faire confier un ? Je continuai à arpenter Fleet Street, mais l'idée demeurait attachée à moi. Le serpent m'avait fasciné.

« Il s'agissait à vrai dire d'une affaire continentale ; mais j'ai quantité de relations sur le continent ; la vie y est bon marché et point si déplaisante qu'elle en a l'air, assurent-elles.

« Je rougis d'avouer qu'incontinent je me mis à les relancer. Cela, déjà, était pour moi une nouveauté ! Je n'avais pas coutume d'arriver à mes fins de cette manière-là... D'ordinaire, j'allais droit mon chemin, sans emprunter les jambes d'autrui pour marcher. De fait, je ne m'en serais pas cru capable, mais à ce moment, voyez-vous, j'étais sous l'impression qu'il me fallait aller là-bas coûte que coûte. Je relançai donc mes gens. Les hommes me répondirent : « Comment donc, cher ami ! » et ne bougèrent pas. Alors — le croirez-vous ! — je me rabattis sur les femmes... Oui, moi — Charles Marlow, je mis les femmes en mouvement pour me décrocher une situation. Bon sang ! — Mais l'idée fixe me tenait... — J'avais une tante, une tendre âme enthousiaste. Elle m'écrivit : « Que ce sera charmant ! Je suis prête à faire n'importe quoi pour vous. C'est une idée admirable. Je connais la femme d'un personnage très important dans l'Administration et aussi un homme qui a beaucoup d'influence parmi eux, etc., etc. ». Bref elle était résolue à remuer ciel et terre pour arriver à me faire nommer capitaine sur un vapeur d'eau douce, si telle était ma fantaisie.

« J'obtins la place — comme de juste, et cela ne traîna même pas. Il paraît que la Société venait d'apprendre qu'un de ses capitaines avait été tué au cours d'une échauffourée avec les indigènes. Ce fut l'occasion pour moi et je n'en fus que plus chaud pour partir. Ce n'est que, bien des mois plus tard, lorsque je tentai de recueillir ce qui restait du corps, que j'appris que toute la querelle était due à un malentendu à propos de poules. Oui, à propos de deux poules noires ! Fresleven, — ainsi s'appelait l'homme, un Danois — s'était cru lésé de quelque manière dans le marché, c'est pour quoi il descendit à terre, et se mit à travailler le chef du village avec un gourdin. Je ne fus pas surpris le moins du monde d'apprendre tout cela et de m'entendre dire, en même temps, que Fresleven était l'être le plus doux et le plus pacifique qui se soit jamais promené sur deux pattes. Incontestablement il l'était, mais il y avait deux ans déjà qu'il était engagé là-bas au service de la noble cause et sans doute avait-il éprouvé enfin le besoin de manifester sa dignité d'une manière ou d'une autre. Il se mit donc à rosser impitoyablement le vieux nègre sous les yeux des indigènes terrorisés, jusqu'au moment où quelqu'un — le fils du chef, me dit-on, — poussé au désespoir par les hurlements du vieillard, fit le geste de pousser vers l'homme blanc la pointe d'une lance, qui, bien entendu, pénétra sans la moindre difficulté entre les deux omoplates. Sur quoi la population tout entière se dispersa dans la forêt, persuadée que les pires calamités allaient se produire, cependant que d'un autre côté le vapeur que commandait Fresleven fuyait dans un coup de panique, sous les ordres, je crois, du mécanicien. Ensuite, nul ne parut se soucier beaucoup des restes de Fresleven jusqu'au jour où j'arrivai là-bas pour chausser ses pantoufles. Je ne pouvais laisser les choses en l'état, mais quand une occasion enfin se présenta pour moi de rencontrer mon prédécesseur, l'herbe qui lui croissait entre les côtes était assez haute pour dissimuler ses os. Ils y étaient tous. On n'avait point touché à l'être surnaturel, après sa chute. Et le village était abandonné, les cases béaient, noires, pourrissantes, toutes disloquées entre les enclos renversés. Les calamités effectivement s'étaient abattues sur lui. Quant aux gens ils s'étaient évanouis. Une terreur aveugle avait tout dispersé, hommes, femmes, enfants. dans la brousse : et ils n'étaient jamais revenus. J'ignore ce qu'il advint des poules. J'incline à penser cependant qu'elles demeurèrent acquises à la cause du progrès. Quoiqu'il en soit, ce fut à cette glorieuse affaire que je dus ma nomination avant même d'avoir commencé à l'espérer.

« Je courus comme un fou pour être prêt à temps, et quarante-huit heures ne s'étaient pas écoulées que je traversais la Manche pour me présenter à mes patrons et signer le contrat d'engagement. En quelques heures je gagnai cette ville qui me fait songer toujours à un sépulcre blanchi. — Parti-pris, sans doute ! Je n'eus guère de peine à trouver les bureaux de la Société. C'était ce qu'il y avait de plus considérable dans toute la ville, et personne qu'on rencontrât qui n'en eut plein la bouche. Pensez donc ! Ils allaient exploiter un empire d'outremer et en tirer un argent fou par le négoce !

« Une rue étroite et déserte, dans une ombre profonde de hautes maisons aux fenêtres innombrables, garnies de jalousies, un silence de mort, l'herbe poussant entre les pavés, d'imposantes entrées cochères à droite et à gauche, d'immenses portes à double battant mornement entrebâillées. Je m'insinuai dans l'une de ces fissures, gravis un escalier nu et soigneusement balayé, aussi aride que le désert et poussais la première porte que j'avisai. Deux femmes, l'une grasse et l'autre maigre, étaient assises sur des chaises de paille et tricotaient de la laine noire. La femme maigre se leva et s'avança droit sur moi en continuant de tricoter, les yeux baissés et déjà je songeais à m'écarter devant elle, comme on ferait pour une somnambule, quand elle s'arrêta et redressa la tête. Sa robe était aussi unie qu'un fourreau de parapluie. Elle fit demi-tour sans ouvrir la bouche et entra devant moi dans une antichambre. Je donnai mon nom, et jetai les yeux autour de moi. Il y avait une table de bois blanc au milieu, des chaises toutes simples au long des murailles, et au bout de la pièce, une grande carte brillante, bariolée de toutes les couleurs de l'arc-en-ciel. Beaucoup de rouge, qui fait toujours plaisir à voir, parce qu'on sait que là, du moins, on travaille effectivement ; une quantité de bleu, un peu de vert, quelques taches orange et sur la côte Est, une bande pourpre pour indiquer l'endroit où les joyeux pionniers du progrès dégustent le joyeux lager !... Mais il n'y avait là rien pour moi : j'étais destiné au jaune ; tout juste au centre ! Et le fleuve était là aussi, fascinant, terriblement comme un serpent. Brr !... Une porte s'ouvrit ; une tête de secrétaire à cheveux blancs, avec une expression pleine de compassion, apparut, et un index osseux en même temps me fit signe de pénétrer dans le sanctuaire. La lumière y était avare et une lourde table à écrire s'étalait au milieu. Derrière ce monument se distinguait quelque chose de corpulent et de blême, dans une redingote. C'était le grand homme en personne ! Il était haut de cinq pieds six pouces, me parut-il, et tenait dans son poing les ficelles de combien de millions !... Il me serra la main, je crois, murmura quelque chose vaguement, se déclara satisfait de mon français. *Bon voyage.*

« Au bout de quarante-cinq secondes, je me retrouvai dans l'antichambre auprès du secrétaire compatissant qui, plein de désolation et de sympathie, me fit signer un document. Je crois bien que je m'y engageais entre autres choses à ne révéler aucun secret commercial. — Vrai, ce n'était pas mon intention...

« Je commençais à me sentir mal à l'aise. Vous savez que je n'ai pas l'habitude de ces sortes de cérémonies, et il y avait quelque chose de sinistre dans l'atmosphère. C'était tout juste comme si je venais d'être admis dans une espèce de conspiration, je ne sais quoi de pas tout à fait honnête et je fus enchanté de m'échapper. Dans l'autre pièce, les deux femmes tricotaient leur laine noire fièvreusement. Des gens arrivaient et la plus jeune allait et venait en les introduisant. La vieille demeurait assise sur sa chaise. Ses pantoufles plates en étoffe étaient appuyées sur une chaufferette, et un chat reposait dans son giron. Elle portait une chose blanche empesée sur la tête, elle avait une verrue sur la joue et des lunettes d'argent pendaient au bout de son nez. Elle me jeta un coup d'œil par-dessus ses verres. L'indifférente et fuyante placidité de ce regard me troubla. Deux jeunes hommes, l'air joyeux et insouciant, étaient introduits à ce moment et elle leur lança le même preste coup d'œil de sagesse impassible. Elle semblait ne rien ignorer de moi-même ni de ceux-là. Une impression inquiétante m'envahit. Elle avait l'air fatal et au-dessus de toutes choses. Souvent, quand je fus là-bas, je revis ces deux créatures, gardiennes de la porte des Ténèbres, tricotant leur laine noire comme pour en faire un chaud linceul, l'une introduisant, introduisant sans trêve dans l'inconnu, l'autre scrutant les visages joyeux et insouciants de ses vieux yeux impassibles. *Ave!* Vieille tricoteuse de laine noire. *Morituri te salutant!* De tous ceux qu'elle regarda ainsi, il n'en est pas beaucoup qui la revirent, moins de la moitié, il s'en faut!...

« Restait la visite au médecin. « Simple formalité », m'assura le secrétaire avec, l'air de prendre une part immense à mes malheurs. En conséquence, un jeune gaillard qui portait son chapeau incliné sur le sourcil gauche — un commis, je pense, car il devait bien y avoir des commis dans cette affaire, encore que la maison fût aussi silencieuse qu'une maison de la cité des morts! — s'amena de l'étage au-dessus et se chargea de me conduire. Il était râpé et négligé, avec des taches d'encre sur les manches de son veston, et une ample cravate bouffante sous un menton en galoche. Comme il était un peu tôt pour trouver le médecin, je proposai d'aller boire quelque chose, ce qui du coup le mit en verve. Tandis que nous étions attablés devant des vermouths, il se mit à exalter les affaires de la Société, si bien que je finis par m'étonner qu'il ne partît pas lui aussi. Il devint froid et réservé sur-le-champ : « Je ne suis pas aussi bête que j'en ai l'air, disait Platon à ses disciples », déclara-t-il sentencieusement en vidant son verre avec résolution, et nous nous levâmes.

« Le vieux docteur me tâta le pouls, tout en pensant évidemment à autre chose. « Bon, bon, pour là-bas », marmotta-t-il et ensuite, avec un certain intérêt, il me demanda si je l'autorisais à prendre la mesure de mon crâne. Un peu surpris, j'y consentis, sur quoi il sortit une espèce d'instrument pareil à un calibre, et releva mes dimensions, pardevant, par derrière et de tous les côtés, en prenant soigneusement des notes. C'était un petit homme mal rasé, en veston élimé d'étoffe sèche comme de la gabardine, les pieds dans des pantoufles et qui me fit l'effet d'un fou inoffensif. « Je demande toujours la permission, dans l'intérêt de la science, de mesurer le crâne de ceux qui s'en vont là-bas. — Le faites-vous aussi quand ils reviennent ? demandai-je. — Oh, répondit-il, je ne les vois jamais et de plus, c'est à l'intérieur que les modifications se produisent. » Il sourit, comme à une douce plaisanterie. « Ainsi, vous allez là-bas !... Fameux... Intéressant aussi... » Il me jeta un coup d'œil pénétrant, prit encore une note : « Aucun cas de folie dans votre famille ? » demanda-t-il d'un ton tout naturel. Je me sentis plutôt froissé — « Cette question est-elle dans l'intérêt de la science également ? — Il serait intéressant pour la science de suivre sur place les modifications mentales de l'individu, mais... » Je lui coupai la parole : « Etes-vous aliéniste ?... — Tout médecin devrait l'être tant soit peu », me répondit cet original imperturbablement. « J'ai une petite théorie qu'il vous appartient, à vous autres, Messieurs, qui allez là-bas, de justifier. Tel est mon lot parmi les avantages que mon pays est appelé à recueillir de la possession d'une si magnifique dépendance. La vulgaire richesse, je la laisse aux autres... Pardonnez-moi ces questions, mais vous êtes le premier Anglais que j'aie l'occasion d'observer... » Je me hâtai de l'assurer que je ne devais en aucune façon être considéré comme représentant mon espèce. « Si je l'étais, ajoutai-je, je ne bavarderais pas ainsi avec vous... — Ce que vous dites est plutôt profond et probablement erroné, me dit-il en riant. Évitez toute irritation plus que l'exposition au soleil... Adieu. Comment dites-vous cela en Angleterre ? *Good Bye*. Eh bien, *Good Bye*. Adieu. Avant tout, sous les tropiques il faut conserver son calme... » Il éleva un index significatif : *Du calme du calme. Adieu...*

Il ne restait plus qu'à prendre congé de mon excellente tante. Je la trouvai triomphante. Elle m'offrit une tasse de thé — la dernière tasse de thé convenable pour combien de jours ! — et dans une pièce qui répondait de la manière la plus flatteuse à l'idée qu'on se fait du salon d'une dame, nous eûmes une longue causerie tranquille au coin du feu. Au cours de ces confidences, il m'apparut clairement que j'avais été représenté à la femme du haut dignitaire — et Dieu sait à combien d'autres encore ? comme un être exceptionnellement doué, — une chance pour la Compagnie ! — un des hommes dont on ne s'attache pas le pareil tous les jours... N'empêche qu'avec tout cela, c'était d'un méchant raffiau de quatre sous que j'allais prendre charge, sans parler du sifflet d'un sou qui le complétait ! Du moins j'allais être désormais l'un des Pionniers avec un grand P, s'il vous plaît !... Quelque chose comme un émissaire de lumière, une espèce d'apôtre au petit-pied... Un flot de sornettes de ce genre avait été lâché à cette époque, en paroles et en écrits, et la brave femme qui vivait au cœur même de cette plaisanterie en avait tout simplement perdu la tête. Elle ne parlait que d' « arracher ces millions de créatures ignorantes à leurs affreuses coutumes », si bien que je finis par me sentir gêné. Je me ris, quai à suggérer qu'après tout la Compagnie avait pour but de réaliser des bénéfices.

— « Vous oubliez, cher Charlie, que toute peine mérite salaire », fit-elle, rayonnante. Extraordinaire, la façon dont les femmes vivent en dehors de la réalité. Elles vivent dans un monde qu'elles se font elles-mêmes, à quoi rien n'a jamais été ni ne sera pareil. Trop parfait d'un bout à l'autre et tel que si elles avaient à le réaliser, il s'écroulerait avant le premier coucher de soleil. Quelqu'un de ces misérables faits, avec qui, nous autres hommes, n'avons cessé d'être en difficultés depuis le jour de la création, surgirait brusquement et jetterait tout l'édifice par terre...

« Après cela, ma tante m'embrassa, me recommanda de porter de la flanelle, de ne pas manquer d'écrire souvent, que sais-je encore ! et je m'en fus... Dans la rue, je ne sais pourquoi, je me fis l'effet singulier d'être un imposteur. Étrange que moi qui étais habitué, en vingt-quatre heures de temps, à partir pour n'importe quel endroit du monde, sans plus de réflexion que la plupart des hommes n'en mettent à traverser la rue, — j'ai eu un instant, je ne dirai pas d'hésitation, mais tout au moins d'effarement devant cette banale entreprise. Je ne saurais mieux le faire entendre qu'en vous disant que, pendant une ou deux secondes, il me parut qu'au lieu de partir pour le cœur d'un continent, j'étais sur le point de m'enfoncer au centre de la terre.

« Je pris passage sur un bateau français qui fit escale à chacun de ces sacrés ports qu'ils ont là-bas, à seule fin, autant que je pus en juger, d'y débarquer des soldats et des douaniers. Je considérais la côte. Considérer une côte tandis qu'elle défile au long du navire, c'est comme se pencher sur une énigme. Elle est là devant vous, souriante ou hostile, tentante, splendide ou médiocre, insipide ou sauvage, et muette toujours, non sans un air de murmurer · Approche et devine. Cette côte-ci était presque sans traits, comme encore inachevée, avec un aspect de monotone sévérité. La lisière d'une jungle colossale d'un vert si foncé qu'il en était presque noir, bordée d'une barre d'écume blanche, courait toute droite, comme tracée au cordeau, au long d'une mer bleue dont l'éclat était voilé par une brume traînante. Le soleil était terrible ; la terre semblait luire et ruisseler dans la vapeur. De-ci de-là, quelques taches d'un gris blanchâtre apparaissaient, groupées derrière la barre, avec parfois un drapeau hissé. C'était des établissements vieux de plusieurs siècles, pas plus importants cependant qu'une tête d'épingle au regard de l'étendue inviolée de l'intérieur. Nous nous traînions lentement, nous arrêtions, débarquions des soldats ; nous repartions ensuite, débarquions des commis de douane, appelés à percevoir leurs taxes dans ce qui avait l'air d'une sauvagerie oubliée de Dieu, avec, perdus là-dedans, un hangar de zinc et un mât de pavillon ; nous débarquions encore des soldats, pour veiller à la sécurité des commis de douane, apparemment. Quelques-uns à ce que j'appris, se noyaient en franchissant la barre, mais qu'il en fut ainsi ou non, personne ne paraissait y attacher la moindre importance. Les pauvres diables étaient simplement jetés à terre et nous repartions. La côte chaque jour était pareille, à croire que nous n'avions pas bougé : mais nous touchâmes à divers ports de commerce ! dont les noms, comme Grand-Bassam ou Petit-Popo semblaient appartenir à quelque farce misérable jouée devant une sinistre toile de fond. Mon désœuvrement de passager, l'isolement parmi tous ces hommes avec qui je n'avais pas de point de contact, la mer huileuse et indolente, la sombre uniformité de cette côte, semblaient me tenir à l'écart de la réalité des choses, dans l'oppression d'une sorte de lamentable et absurde fantasmagorie. Le bruit de la barre que je percevais de temps en temps me causait un plaisir réel, comme la parole d'un frère. C'était quelque chose de naturel, qui avait sa raison et sa signification. Parfois, un canot qui se détachait de la côte créait un contact momentané avec la réalité ! Il était monté par des pagayeurs noirs. On pouvait voir de loin le blanc de leurs yeux qui luisait. Ils criaient ou ils chantaient ;

leurs corps ruisselaient de sueur ; ils avaient des visages pareils à des masques grotesques, ces gaillards, mais ils avaient des os, des muscles, une vitalité sauvage, une intense énergie de mouvements qui était aussi naturelle et authentique que la barre au long de leur côte. Ils n'avaient pas besoin d'excuse pour justifier leur présence. C'était un grand soulagement de les considérer. Pour un temps, je sentais que j'appartenais toujours à un monde de faits positifs, mais cette impression ne durait guère. Quelque chose ne tardait pas à survenir qui avait tôt fait de la dissiper. Un jour, je me souviens, nous rencontrâmes un navire de guerre, mouillé au large du rivage. Il n'y avait même pas de hangar là, et cependant il canonnait la brousse. Il paraît que les Français avaient une guerre en cours dans ces parages. Le pavillon pendait flasque comme une loque . la gueule des longs canons de huit pouces hérissait de toute part la coque basse, que la houle grasse et boueuse soulevait paresseusement pour la laisser ensuite retomber, en faisant osciller les mâts effilés. Dans la vide immensité du ciel, de l'eau et de la terre, il restait là, incompréhensible, à canonner un continent. Boum ! faisait l'une des pièces de huit pouces ; une courte flamme jaillissait, et s'évanouissait ; un peu de fumée s'évaporait, un pauvre petit projectile passait en sifflant, et rien ne se produisait. Qu'eût-il pu se produire ? Il y avait je ne sais quelle touche de folie dans toute cette affaire, une impression de drôlerie macabre dans ce spectacle et elle ne fut pas pour la dissiper, l'assurance que me donna sérieusement quelqu'un à bord qu'il y avait un camp d'indigènes — il disait d'ennemis ! — caché hors de vue, quelque part.

« Nous remîmes ses lettres à ce navire solitaire (dont j'appris que les hommes étaient emportés par la fièvre à raison de trois par jour) et nous repartîmes. Nous fîmes escale à quelques autres endroits aux noms bouffons, où la joyeuse danse du Commerce et de la Mort va son train dans une immobile et terreuse atmosphère de catacombe surchauffée, au long d'une côte sans forme bordée par une barre dangereuse, comme si la nature elle-même eût voulu en écarter les intrus ; dans les eaux ou en vue de fleuves, vivants courants de mort, dont les berges pourrissaient parmi la vase, dont le flot, épaissi par la boue, inondait des palétuviers convulsés qui semblaient se tordre vers nous, comme dans l'excès d'un désespoir impuissant. Nulle part l'arrêt ne fut assez long pour permettre une impression particulière, mais d'une manière générale, je sentais s'accentuer en moi un sentiment d'étonnement, confus et déprimant. C'était comme une sorte de morne pèlerinage parmi des éléments de cauchemar.

« Il se passa plus de trente jours avant qu'on

n'aperçût l'embouchure du grand fleuve. Nous jetâmes l'ancre en face du siège du Gouvernement. Mais mon rôle ne devait commencer qu'à quelques trois cents kilomètres plus loin. C'est pourquoi, aussitôt qu'il fut possible, je gagnai un endroit à trente milles en amont.

« Je fis le voyage sur un petit vapeur de haute mer. Le capitaine, un Suédois, en apprenant que j'étais marin, m'invita à monter sur la passerelle. C'était un jeune homme, maigre, blond, morose, avec des cheveux raides et une allure traînarde. Comme nous quittions le misérable petit wharf il désigna la rive d'un hochement méprisant... « Vous êtes descendu là ?... » Je lui dis que oui. « Fameux, ces types du Gouvernement, pas vrai ? » continua-t-il. Il parlait anglais avec une grande précision et une remarquable amertume : « Étrange ce que certaines gens consentent à faire pour quelques francs par mois... je me demande ce qu'il advient à ces gens-là lorsqu'ils s'avancent dans l'intérieur !... » Je répondis que je comptais bien être fixé là-dessus avant longtemps : « Avant longtemps ! » s'écria-t-il. Il traversa le pont en traînant la semelle, sans quitter la route des yeux. « Ne soyez pas si sûr de votre affaire... L'autre jour, j'en ai chargé un qui s'est pendu en route. Et c'était un Suédois !... — Pendu ! m'écriai-je. Et pourquoi, grands dieux ! » Il ne détourna pas son regard vigilant. « Que sais-je !... Sans doute en avait-il assez du soleil ou du pays peut-être... »

« A la fin, le fleuve s'élargit. Une falaise rocheuse apparut, des monticules de terre retournée sur la rive, des maisons sur une colline, d'autres, avec des toits de fer, perdues dans un chaos d'excavations ou accrochées au versant. Un bruit incessant de rapides, en amont, planait au-dessus de ce paysage de dévastation habitée. Des hommes, en général noirs et nus, allaient et venaient comme des fourmis. Une jetée s'avançait dans le fleuve. Et un soleil aveuglant noyait parfois l'ensemble dans une recrudescence subite d'éclat. « Voilà le poste de votre Compagnie », fit le Suédois, en désignant du doigt trois édifices de bois, pareils à des baraquements, sur la pente rocheuse. « Je vous fais monter vos affaires. Quatre caisses, dites-vous... Parfait. Au revoir... »

« Je donnai sur une chaudière vautrée dans l'herbe, et trouvai un sentier qui gravissait la colline. Il faisait un coude de temps en temps pour éviter les blocs de rocher, voire un wagonnet échoué sur le dos, les roues en l'air. Une d'elles manquait. La chose avait l'air aussi morte qu'une carcasse d'animal. Je tombai sur d'autres pièces de machine, un tas de rails rouillés. A ma gauche un bouquet d'arbres faisait un îlot d'ombre où des choses obscures semblaient remuer faiblement. Je bronchai : la côte était roide. Une trompe sonna sur ma droite et je vis les noirs courir. Une détonation puissante et sourde secoua le sol, une bouffée de fumée s'éleva de la falaise, et ce fut tout. Aucun changement n'apparut sur l'aspect du roc. Ils construisaient un chemin de fer. Sans doute la colline n'était-elle pas à l'alignement ! A ces coups de mine sans objet se bornaient du reste les travaux.

« Un léger tintement derrière moi me fit tourner la tête. Six nègres à la file gravissaient péniblement le sentier. Ils marchaient, raides et lents, balançant de petites corbeilles de terre sur la tête, et le tintement marquait la mesure de leurs pas. Des haillons noirs étaient noués autour de leurs reins et les bouts leur pendillaient derrière le dos comme des queues. On distinguait chacune de leurs côtes, les articulations de leurs membres étaient pareilles à des nœuds dans un câble ; chacun avait un collier de fer autour du cou et ils étaient tous attachés par une chaîne dont les maillons se balançaient avec un tintement rythmé. Une nouvelle détonation qui s'éleva de la falaise me fit ressouvenir de ce navire de guerre que j'avais aperçu, canonnant un continent. C'était la même voix sinistre, mais ces hommes-ci, par quel effort d'imagination, voir en eux des ennemis ? Aussi bien ils n'étaient appelés que criminels et la loi outragée, pareille aux obus explosifs, s'était abattue sur eux, insoluble mystère surgi de la mer... Les maigres poitrines haletaient toutes ensemble : les narines, violemment dilatées, frémissaient, leurs regards étaient tendus en l'air fixement. Ils passèrent à moins d'un pas de moi, sans un coup d'œil, avec cette totale, cette mortelle indifférence du sauvage malheureux. Derrière cette matière première, l'un des Régénérés, le produit des forces nouvelles à l'œuvre, flânait d'un air déprimé, tenant un fusil par le milieu. Il avait une vareuse d'uniforme à laquelle un bouton manquait et en apercevant un blanc sur le sentier, il porta vivement l'arme à l'épaule. C'était là simple précaution ; à distance, les hommes blancs se ressemblent à ce point qu'il ne pouvait deviner qui j'étais. Il fut bientôt rassuré et avec une large grimace de coquin, qui lui découvrait les dents, il cligna de l'œil vers son convoi, comme pour m'associer à la haute mission qu'il remplissait. Après tout, moi aussi, je faisais partie de la grande cause d'où procédaient ces nobles et justes mesures !...

« Au lieu de continuer à monter, j'obliquai et descendis vers la gauche. Je tenais à laisser à l'équipe enchaînée le temps de disparaître avant de reprendre mon ascension. Je ne suis pas particulièrement tendre, vous le savez ; j'ai eu dans la vie à cogner et à me défendre ; j'ai eu à résister et parfois à attaquer (ce qui n'est qu'une façon de résister), sans trop penser à la casse et selon ce qu'exigeait le genre d'existence où je m'étais fourvoyé. J'ai vu le démon de la violence, et le démon de la cupidité et celui du désert brûlant ; bon sang ! C'était là de vigoureux démons bien en chair, l'œil hardi — et c'était des hommes, des hommes, entendez-vous, que ces démons-là commandaient et possédaient. Mais, debout sur le flanc de la colline, j'eus le pressentiment que sous l'aveuglant soleil de ce pays, j'allais apprendre à connaître le démon, flasque, hypocrite, aux regards évasifs, le démon d'une folie rapace et sans merci. Ce qu'il pouvait être insidieux aussi, je ne devais le découvrir que plusieurs mois plus tard et à quelques milliers de kilomètres de là ! Un moment je demeurai épouvanté, comme par un avertissement. Enfin je me mis à descendre la colline, obliquement, dans la direction des arbres que j'avais aperçus.

« J'évitai un vaste trou artificiel que l'on avait creusé dans la pente et dont il me fut impossible de deviner l'objet. Ce n'était assurément ni une carrière ni une sablière. C'était un trou sans plus. Peut-être avait-il quelque rapport avec le philanthropique désir de fournir quelque occupation aux criminels, qui sait ? Ensuite je faillis dégringoler dans une tranchée très étroite, à peine plus marquée qu'une coupure dans le flanc de la colline. Je constatai qu'une quantité de tuyaux de drainage importés y avait été jetée pêle-mêle. Pas un qui ne fût brisé. C'était un massacre sauvage. Enfin je me trouvai sous les arbres . je me proposais simplement de flâner un instant à l'ombre, mais à peine fus-je entré, il me parut que je venais de pénétrer dans le cercle sinistre de je ne sais quel Enfer... Les rapides étaient tout proches, et leur voix ininterrompue, uniforme, précipitée et jaillissante, remplissait la tranquillité désolée de ce petit bois, — où pas un souffle, pas une feuille ne bougeait, — d'un bruit mystérieux, comme si le mouvement éperdu de la terre dans l'espace y fût subitement devenu perceptible.

« Des formes noires, parmi les arbres, étaient accroupies, gisantes ou assises, appuyées contre les troncs, collées à la terre, moins indiquées qu'effacées par la lumière trouble, dans toutes les postures de la douleur, de l'accablement et du désespoir. Un nouveau coup de mine éclata sur la falaise suivi par un léger frémissement du sol sous mes pieds. L'œuvre se poursuivait. L'œuvre !... Et ceci était l'endroit où certains de ses serviteurs s'étaient retirés pour mourir.

« Ils mouraient lentement ; aucun doute là-dessus. Ce n'était pas des ennemis, ce n'était pas des criminels ; ils n'étaient plus quoi que ce fût dans ce monde désormais, rien que les ombres noires de la maladie et de l'épuisement, répandues confusément dans la pénombre verdâtre. Amenés de tous les points de la côte, en vertu de ce qu'il y a de plus régulier dans les contrats d'engagement à terme, dépaysés dans un milieu contraire soumis à un régime inaccoutumé, ils ne tardaient pas à dépérir, cessaient d'être utiles et dès lors étaient autorisés à se traîner jusqu'ici et à reposer. Ces formes moribondes étaient libres comme l'air et presque aussi diaphanes. Je commençai à distinguer la lueur de leurs yeux sous les arbres. Ensuite en regardant à mes pieds, j'aperçus un visage tout près de ma main. La noire ossature était étendue de toute sa longueur, l'épaule contre un arbre ; avec lenteur, les paupières se soulevèrent ; les yeux creux me considérèrent, énormes et vides : il y eut une sorte de clignottement aveuglé dans la profondeur des orbites, elle s'éteignit peu à peu. L'homme ne semblait pas âgé, presque un jeune homme, — mais avec ces gens-là sait-on jamais !... Je ne trouvai rien de mieux à faire que de lui tendre un de ces excellents biscuits de mer suédois que j'avais dans ma poche. Les doigts se fermèrent lentement sur lui et le retinrent. Il n'y eut ni un autre mouvement ni un autre regard. Il avait un bout de laine noué autour du cou. — Pourquoi ? — Et d'où le tenait-il ?... Était-ce un insigne, un ornement, un fétiche, une façon d'acte propitiatoire ? Y avait-il là une intention quelconque ? Il avait l'air saisissant sur ce cou noir, ce bout de cordon blanc venu de par-delà les mers.

« Près du même arbre, deux autres paquets d'angles aigus étaient tapis, les jambes remontées.

L'un d'eux, le menton étayé sur les genoux, regardait dans le vide d'une manière intolérable et effrayante : son frère fantôme se soutenait le front comme accablé d'un intense ennui, et à l'entour, d'autres encore étaient dispersés, dans toutes les attitudes de l'effondrement et de la contorsion, ainsi qu'on en voit dans certains tableaux de massacre ou de peste. Tandis que je demeurais saisi d'horreur, l'un de ces êtres se dressa sur les mains et les genoux, et se dirigea vers le fleuve à quatre pattes, pour y boire. Il lapait l'eau dans le creux de sa paume. Ensuite, il s'assit au soleil, les tibias croisés devant lui et au bout d'un instant laissa tomber sa tête laineuse sur sa poitrine.

« J'avais perdu toute envie de flâner à l'ombre et je repris vivement le chemin de la station. Près des bâtiments, je rencontrai un homme blanc d'une élégance apprêtée si inattendue que tout d'abord je le pris pour une vision. J'apercevais un col droit empesé, des manchettes blanches, un veston d'alpaga léger, un pantalon immaculé, une cravate claire et des chaussures cirées. Pas de chapeau, mais sous le parasol doublé de vert qu'élevait une forte main blanche, des cheveux bien brossés, huilés, avec une raie au milieu. Il était déconcertant et il avait un porte-plume derrière l'oreille.

« J'échangeai une poignée de main avec ce miracle et j'appris qu'il était le chef comptable de

Compagnie et que toute la comptabilité était tenue dans ce poste. Il était sorti un instant, me dit-il, « pour respirer une bouffée d'air frais ». L'expression me paraissait singulièrement surprenante par ce qu'elle suggérait de vie sédentaire dans un bureau. Je ne vous aurais du reste pas parlé du personnage si ce n'était par lui que pour la première fois j'entendis prononcer le nom de l'homme qui reste indissolublement lié à tous mes souvenirs de cette époque. Et puis, je me sentis du respect pour ce gaillard. Oui, j'éprouvai du respect pour ses faux-cols, ses amples manchettes, ses cheveux bien brossés. Son aspect était certainement celui d'un mannequin de coiffeur, mais au milieu de la démoralisation de ce pays, il gardait le souci des apparences. Et cela c'est de la force de caractère. Ses cols amidonnés, ses devants de chemise apprêtés n'étaient ni plus ni moins que des preuves de caractère. Il y avait près de trois ans qu'il était là, et par la suite, je ne pus m'empêcher de lui demander comment il s'y prenait pour arriver à exhiber ce linge-là. Il eut une imperceptible rougeur et répondit modestement : « J'ai dressé une des femmes indigènes du Poste. Cela n'a pas été sans peine. Elle n'avait aucun goût pour ce travail... » Ainsi cet homme avait réellement réalisé quelque chose. De plus il était appliqué à ses livres qui étaient dans un ordre exemplaire.

« Tout le reste du Poste n'était que confusion, — têtes, choses et bâtiments. Des files de nègres poussiéreux, aux pieds plats, arrivaient et repartaient. Un flot de produits manufacturés, cotons de pacotille, verroteries et fil de laiton, était dirigé vers les profondeurs des ténèbres d'où découlait en revanche un mince filet d'ivoire précieux.

« Il me fallut attendre dix jours au Poste, — une éternité ! J'étais logé dans une baraque au milieu de la cour, mais pour échapper au chaos, j'allais me réfugier parfois chez le comptable. Son bureau était construit de planches posées de champ et si mal jointes que lorsqu'il se penchait sur sa haute table, il était zébré du cou aux talons d'étroites raies de lumière. Il n'était pas besoin de pousser le lourd volet pour y voir clair. Et quelle chaleur là-dedans ! De grosses mouches bourdonnaient férocement : elles ne piquaient pas, elles poignardaient. Je m'asseyais généralement sur le plancher cependant que perché sur un tabouret, irréprochable et même légèrement parfumé, il écrivait, écrivait... De temps en temps, il se tenait debout pour se dégourdir. Lorsqu'un malade — un agent de l'intérieur qu'on rapatriait — fut installé chez lui dans un lit-tiroir, il ne laissa pas de témoigner une certaine contrariété : « Les gémissements de ce malade, disait-il, distraient mon attention. Et à moins d'attention, il est extrêmement difficile d'éviter les erreurs matérielles sous ce climat... »

« Un jour, il remarqua, sans lever la tête : « Dans l'intérieur, vous rencontrerez certainement M. Kurtz. » Comme je lui demandais qui était M. Kurtz, il me dit que c'était un agent de premier ordre et constatant mon désappointement à cette information sommaire, il déposa son porte-plume et ajouta lentement · « C'est un homme très remarquable... » Après force questions je finis par apprendre que M. Kurtz dirigeait un poste de traite, très important, dans le vrai pays de l ivoire, « au fin fond là-bas. » « Il nous envoie autant d'ivoire que tous les autres réunis. » Il se remit à écrire. L'homme malade était trop accablé pour gémir. Les mouches bourdonnaient dans une grande paix.

« Soudain, il y eut un murmure grossissant de voix et un grand bruit de piétinement. Une caravane venait d'arriver. Un jacassement violent, aux sonorités barbares, éclata de l'autre côté des planches. Tous les porteurs parlaient à la fois, et au milieu du vacarme, on distinguait la voix lamentable de l'agent principal qui « y renonçait » pour la vingtième fois ce jour-là. — Il se leva avec lenteur : « Quel terrible vacarme !... » Il traversa la pièce avec précaution pour jeter un coup d'œil sur le malade et revenant vers moi : « Il n'entend plus, fit-il. — Quoi, est-il mort ! m'exclamai-je, saisi. — Non, pas encore, répondit-il » avec un grand calme. Ensuite faisant d'un signe de tête allusion au tumulte de la cour : « Quand on a à passer des écritures correctement, on en arrive à détester ces sauvages, à les détester à mort... » Il demeura un instant pensif. « Lorsque vous verrez M. Kurtz, reprit-il, dites-lui de ma part que tout ici (et il jeta un coup d'œil sur sa grande table) va très bien. Je n'aime guère lui écrire : avec les courriers que nous avons, on ne sait jamais entre quelles mains une lettre peut tomber au Poste Central. » Il me considéra un instant de ses gros yeux placides : « Oh ! il ira loin, très loin, reprit-il. Il sera quelqu'un dans l'Administration avant peu... C'est leur intention arrêtée à ces Messieurs là-bas. — Je veux dire au Conseil en Europe... »

« Il se remit au travail. Le bruit au dehors avait cessé. Près de franchir la porte pour sortir je m'arrêtai. Parmi l'incessant bourdonnement des mouches, l'agent qu'on rapatriait gisait inerte et congestionné ; l'autre, penché sur ses livres, passait en écriture le plus correctement possible des opérations parfaitement correctes, et à cinquante pieds en contre-bas, j'apercevais les cimes immobiles du bosquet de la mort.

« Le jour suivant, je quittai le Poste enfin, avec une caravane de soixante hommes, pour une balade à pied de trois cents kilomètres.

« Inutile de vous en dire long là-dessus. Des pistes, des pistes partout, un réseau de pistes foulées, étendu sur un pays vide, au travers d'herbes hautes, d'herbes brûlées, de broussailles, descendant des ravines fraîches, remontant des collines embrasées de chaleur — et parmi quelle solitude !... personne, pas une hutte. Les populations s'étaient enfuies depuis longtemps. Ma foi, à supposer qu'une bande de nègres mystérieux, porteurs de toutes sortes d'armes terribles, prît fantaisie de circuler sur la route de Deal à Gravesend, en mettant la main au collet de tous les ruraux à droite et à gauche pour leur faire porter des fardeaux, j'imagine volontiers qu'il ne faudrait pas longtemps pour vider proprement fermes et cottages dans ces parages. Seulement, ici, les habitations elles-mêmes avaient disparu. Pourtant je traversai quelques villages abandonnés. Il y a je ne sais quoi de puérilement pathétique dans les ruines de murailles d'herbes !... — Les jours suivaient les jours parmi le traînement derrière moi de soixante paires de pieds nus supportant chacune une charge de trente livres. Camper, cuisiner, dormir, décamper et puis marcher. Parfois un porteur mort sous le harnais, gisait dans les hautes herbes près de la piste, avec une gourde vide et son long bâton à côté de lui. Un grand silence autour et au-dessus de nous. A peine par certaines nuits tranquilles le frémissement d'un tam-tam lointain, tour à tour s'effaçant et s'enflant, tremblement indistinct et vaste, rumeur étrange, attirante, évocatrice et barbare, dont le sens peut-être était aussi profond que le son des cloches en terre chrétienne. Un jour, un blanc, en uniforme déboutonné, campé au travers de la piste, avec une escorte en armes de maigres Zanzibaristes, fort hospitaliers et joviaux du reste, pour ne pas dire gris. Il s'occupait de l'entretien de la route, à ce qu'il disait. Je n'oserais affirmer qu'on s'aperçût de la présence d'une route ni d'un entretien quelconque, à moins que le corps d'un nègre d'âge mûr, le front troué d'une balle, et sur lequel je buttai littéralement à une lieue de là, ne dût être considéré comme une amélioration d'ordre permanent. J'avais pour compagnon un autre blanc, pas mauvais garçon, mais trop bien en chair et doué de l'exaspérante habitude de tourner de l'œil chaque fois qu'il fallait gravir une côte un peu chaude, à des kilomètres du plus petit coin d'ombre, et de l'eau. Plutôt énervant, je vous prie de croire, d'avoir à déployer son veston comme un parasol au-dessus de la tête de quelqu'un en attendant qu'il veuille bien revenir à soi. Je ne pus m'empêcher de lui demander un jour ce que diable il venait faire dans ce pays. — « Drôle de question ! Faire de l'argent, parbleu ! » me répondit-il d'un air de mépris. Ensuite il prit les fièvres et il fallut le porter dans un hamac suspendu à une perche. Comme il pesait plus de deux cents livres, ce furent avec plusieurs porteurs des histoires sans fin !... Ils se rebiffaient, prenaient le large, désertaient la nuit furtivement avec leurs charges : une mutinerie, quoi ! Aussi bien, un soir, je leur tins un discours en anglais, avec gestes dont pas un ne fut perdu pour les soixante paires d'yeux qui me regardaient, et le matin qui suivit, le hamac prit les devants à souhait. Une heure plus tard, je découvrais tout le chargement chaviré dans la brousse. La lourde perche avait écorché son pauvre nez et il tenait à toute force à me faire tuer quelqu'un ; mais il n'y avait pas l'ombre d'un porteur à proximité. Je me souvins du vieux médecin : « Il serait intéressant pour la science de suivre sur place les modifications mentales de l'individu... » Je constatai que je commençais à devenir scientifiquement intéressant. Du reste tout cela est hors de propos. Le quinzième jour, je me retrouvai en vue du grand fleuve et fis mon entrée, clopin-clopant, au Poste Central. Il se trouvait au fond d'une crique, entouré de broussailles et de forêt, bordé d'un côté par un fameux banc de vase puante et des trois autres, par une clôture de roseaux décrépits. Un trou béant dans celle-ci représentait la porte, et le premier coup d'œil jeté à l'intérieur suffisait à faire voir qu'un démon hypocrite régnait là en maître. Des hommes blancs, de longs bâtons à la main, surgirent languissamment d'entre les bâtiments, s'approchèrent en flânant pour me considérer, puis disparurent je ne sais où. L'un d'eux, trapu, l'air excitable, avec des moustaches noires, à peine lui eussé-je appris qui j'étais, m'informa avec volubilité et force digressions que mon steamer était au fond du fleuve. Je demeurai confondu Quoi, quoi !... — « Oh, tout va bien. Le « Directeur lui-même » était présent... Tout s'était passé régulièrement. Chacun s'était comporté d'une façon admirable, admirable !... Il faut, continua-t-il avec agitation, que vous alliez voir le Directeur général tout de suite. Il attend. »

« Je ne saisis pas sur-le-champ la signification de ce naufrage. Je crois bien que je l'aperçois à présent, bien qu'au fond, je n'ose rien affirmer. Sûrement cette histoire était trop stupide, à y bien réfléchir, pour être tout à fait naturelle !... Cependant...

Mais au premier abord, je la considérai comme un sacré embêtement. Le vapeur était bel et bien coulé. Deux jours auparavant, ils s'étaient mis en route, pris d'une hâte subite, pour le haut-fleuve, avec le Directeur à bord et sous la conduite d'un patron de bonne volonté : trois heures ne s'étaient pas écoulées qu'ils crevaient sur des pierres la coque du bateau, qui était allé au fond près de la rive Sud. Qu'allais-je faire désormais si mon vapeur était perdu ?... En fait, j'eus suffisamment à faire pour retirer du fleuve mon commandement. Et il fallut m'y mettre dès le jour suivant. Cette opération et les réparations, lorsque j'eus amené les pièces au Poste, me prirent quelques mois.

« Ma première entrevue avec le Directeur fut

curieuse. Bien que j'eusse trente kilomètres dans les jambes ce matin-là, il ne m'invita pas à m'asseoir. Il était vulgaire de structure, de physionomie, de manières ; sa voix même était vulgaire. Il était de taille et de corpulence moyennes. Ses yeux, d'un bleu banal, étaient peut-être, il est vrai, remarquablement froids et il savait, certes ! faire tomber sur vous un regard tranchant et lourd comme une hache. Mais même à ces moments-là l'ensemble de sa personne semblait contredire son intention. Ses lèvres avaient par ailleurs une indéfinissable expression, à peine indiquée, quelque chose de furtif, un sourire qui n'était pas un sourire. Je le revois sans être capable de le décrire... C'était inconscient chez lui : ce sourire était inconscient, bien qu'il s'accentuât passagèrement, après un mot. Ç'avait l'air, à la fin de ses phrases d'un sceau apposé sur ses paroles, afin de rendre absolument indéchiffrable le sens de la phrase la plus triviale. Ce n'était du reste qu'un simple traitant, employé depuis son enfance dans ces régions — rien de plus. Il était obéi, mais sans qu'il inspirât sympathie ni crainte, encore moins le respect. Il engendrait le malaise. Oui, c'était bien cela... Malaise : non pas méfiance définie : malaise, tout juste. Vous n'imaginez pas ce qu'une telle... une telle faculté peut être efficace... Il n'avait aucun don d'organisation, d'initiative, ni même d'ordre. On le voyait assez à l'état dépolrable du Poste. Il n'avait ni instruction, ni intelligence. Sa situation lui était venue, on se demande pourquoi ?... Peut-être parce qu'il n'était jamais malade. Il avait passé trois termes de trois ans là-bas. Parce qu'une santé triomphante parmi la débâcle de toutes les constitutions est une espèce de force en soi. Quand il rentrait en congé, il faisait la fête en grand — pompeusement. Le matelot qui tire sa bordée — à l'apparence près ! On le devinait à ce qu'il laissait tomber dans la conversation. Il n'avait rien créé ; il entretenait la routine, et c'était tout. Il était grand cependant. Il était grand à cause d'une bien petite chose, à savoir qu'il était impossible de savoir ce qui pouvait en imposer à cet homme. Jamais il ne livra son secret. Peut-être après tout, n'y avait-il rien en lui... Mais un tel soupçon donnait à penser ; car là-bas il n'y a rien d'extérieur qui puisse vous contraindre. Un jour que diverses affections tropicales avaient couché bas presque tous les agents de la Station, on l'entendit dire : « Les gens qui viennent ici ne devraient pas avoir d'entrailles... » Et il scella cette exclamation de son singulier sourire, comme s'il eut, un instant, entr'ouvert la porte sur les ténèbres dont il avait la garde. On pensait avoir distingué quelque chose, mais le sceau déjà était posé. Agacé par les constantes discussions auxquelles donnaient lieu, entre les blancs, les questions de préséance à l'heure des repas, il avait fait construire une immense table ronde, pour laquelle une case spéciale dut être bâtie. Ce fut dorénavant le mess du Poste. Où il s'asseyait était la place d'honneur, le reste ne comptait pas. On se rendait compte que telle était sa conviction inébranlable. Il n'était ni civil ni incivil. Il était placide, et tolérait que son boy, un jeune nègre de la côte, trop bien nourri, traitât les blancs, sous ses yeux, avec la plus provocante insolence.

« Il se mit à parler aussitôt qu'il me vit. J'avais mis bien longtemps à venir. Il ne pouvait attendre. Il avait dû partir sans moi. Les stations du haut-fleuve devaient être relevées. Il y avait déjà eu de tels retards qu'il ne savait plus qui était mort et qui était vivant, ni ce qui se passait, etc., etc. Il ne prêta aucune attention à mes explications, et tout en jouant avec un bâton de cire à cacheter, il répéta plusieurs fois que la situation était « très grave, très grave ». Le bruit courait qu'une station très importante était en danger et que son chef, M. Kurtz, était malade. Il espérait qu'il n'en était rien, car M. Kurtz était... Je me sentais fatigué et irritable. Au diable Kurtz ! pensai-je. Je l'interrompis pour lui dire que j'avais entendu parler de M. Kurtz sur la côte. « Ah ! Ils parlent de lui, là-bas... », murmura-t-il comme pour lui-même. Ensuite il se remit à causer, m'assurant que M. Kurtz était son meilleur agent, un homme exceptionnel, de la plus haute importance pour la Société : je pouvais par suite m'expliquer l anxiété qu'il éprouvait. Il était, me répéta-t-il, très, très... inquiet. De fait il ne cessait de remuer son siège et soudain tandis qu'il s'écriait : « Ah, M. Kurtz !... » le bâton de cire à cacheter se brisa entre ses mains et il demeura comme saisi de l'accident. La première chose qu'il tenait à savoir, c'était combien de temps il me faudrait pour... Je l'interrompis à nouveau. J'avais faim et il me laissait là, planté sur mes jambes : je devenais enragé ! Comment pourrais-je le dire ? Je n'avais pas encore vu l'épave... « Quelques mois, sans doute. » Tout ce bavardage me semblait tellement superflu. « Quelques mois, dit-il. Eh bien, mettons trois mois avant qu'il soit possible de se mettre en route. Oui, cela doit faire l'affaire... » Je sortis de la case (il habitait seul une case d'argile ornée d'une espèce de vérandah) en grommelant entre mes dents, l'opinion que je m'étais faite de lui : Ce n'était qu'un loquace imbécile. Plus tard, je revins là-dessus quand je fus frappé de l'extrême précision avec laquelle il avait évalué le temps nécessaire à « l'affaire »...

« Je me mis à l'ouvrage le jour suivant, le dos tourné pour ainsi dire à la Station. C'était là la seule façon, me semblait-il, d'arriver à garder le contact avec les réalités salutaires de la vie. De temps en temps pourtant, il faut bien jeter les yeux autour de soi, et alors j'apercevais cette Station et ces hommes flânant sans but dans le soleil de l'enclos. Une fois de plus je me demandais à quoi tout cela rimait. Ils se promenaient de-ci de-là, leurs absurdes longs bâtons à la main, pareils à une bande de pèlerins infidèles qu'un sortilège eût tenu captifs derrière une clôture pourrissante. Le mot « ivoire » passait dans l'air, tour à tour murmuré ou soupiré. On eût cru qu'ils lui adressaient des prières. Et une odeur de rapacité stupide flottait là-dessus, comme un relent de cadavre. Bon sang ! de ma vie je n'ai jamais rien vu d'aussi peu réel... Et à l'entour, la silencieuse sauvagerie, enserrant ce petit morceau défriché de la terre, me frappait comme quelque chose de grand et d'invincible, tel le mal ou la vérité, attendant patiemment la disparition de cette invasion fantastique.

« Ah ! ces mois... Mais passons ! Divers événements se produisirent. Un soir, une paillote, emplie de calicot, de cotons imprimés, de verroterie et de je ne sais quoi d'autre, se mit à flamber si soudainement qu'on eût cru qu'un feu vengeur venait de jaillir de la terre entr'ouverte pour consumer toute cette pacotille. Je fumais ma pipe tranquillement auprès du vapeur démonté, et les regardais de loin gesticuler parmi les lueurs, les bras levés, quand l'homme trapu aux moustaches se précipita vers le fleuve, un seau de fer-blanc à la main en m'assurant que « chacun se comportait d'une façon admirable, admirable ». Il puisa ensuite environ un litre d'eau et repartit en courant. Je remarquai qu'il y avait un trou dans le fond de son seau.

« Je me rapprochai sans hâte. Il n'y avait pas à se presser. La chose s'était mise à flamber comme une boîte d'allumettes. Dès le premier instant il n'y avait rien eu à faire. Les flammes avaient jailli très haut, repoussant tout le monde, embrasant toute chose, puis étaient retombées. La paillote déjà n'était plus qu'un amas de braises qui rougeoyaient violemment. Non loin, un nègre était roué de coups. On disait que c'était lui qui, d'une façon ou d'une autre, avait provoqué l'incendie : quoi qu'il en fût, il hurlait de la manière la plus horrible. Pendant plusieurs jours, je le vis, assis dans un recoin d'ombre, l'air malade et essayant de se ressaisir ; ensuite il se releva et disparut et la sauvagerie le reprit sans bruit dans son sein. Comme je continuais dans l'ombre à me rapprocher du brasier, je me trouvai derrière deux hommes qui causaient. J'entendis prononcer le nom de Kurtz et ensuite les mots « profiter de ce déplorable accident ». L'un des deux hommes était le directeur. Je lui souhaitai le bonsoir. — « A-t-on jamais rien vu de pareil, dit-il. Hein ! C'est incroyable... » et il s'éloigna. L'autre demeura. C'était un agent de première classe, jeune, l'allure distinguée, l'air un peu réservé, avec une barbiche en pointe et un nez crochu. Il tenait à dis tance les autres agents, qui, de leur côté, disaient qu'il était l'espion du directeur. Quant à moi, je lui avais à peine adressé la parole jusqu'à ce jour. Nous nous mîmes à parler, et peu à peu, tout en marchant, nous nous écartâmes des décombres qui sifflaient. Il m'invita alors dans sa chambre qui était dans le bâtiment principal de la Station. Il fit craquer une allumette et je constatai que ce jeune aristocrate non seulement possédait un nécessaire de toilette en argent, mais aussi une bougie tout entière pour son usage personnel. A ce moment le directeur seul était censé avoir droit à des bougies. Des nattes indigènes recouvraient les murailles de glaise où était accrochée en guise de trophées une collection de lances, de sagaies, de boucliers, de couteaux. La fonction dévolue à notre homme était, d'après ce que l'on m'avait dit, de faire des briques, mais il était impossible de découvrir dans toute la Station le moindre morceau de brique, et il y avait un an déjà qu'il était là, à attendre. Il paraît qu'il ne pouvait faire ses briques sans quelque chose, je ne sais quoi au juste, de la paille peut-être. En tout cas, il était impossible de trouver ce quelque chose sur place, et comme il y avait peu de chance que ce fût expédié d'Europe, on ne voyait pas trop bien ce qu'il continuait d'attendre. Un acte de création spontanée, peut-être !... Tous d'ailleurs, ils attendaient quelque chose, les seize ou vingt pèlerins réunis là, et ma parole, à la façon dont ils l'acceptaient, l'occupation ne semblait pas trop leur déplaire, bien qu'autant que je m'en rendisse compte, jamais il ne leur arrivait rien que des maladies. Ils tuaient le temps en s'entre-déchirant ou en intriguant de la façon la plus mesquine. Une atmosphère de complot planait sur la Station, sans que du reste il en sortît jamais quoi que ce fût. C'était aussi irréel que le reste, le philanthropique prétexte de l'entreprise, les déclamations, leur administration, et leur travail de parade. Le seul sentiment réel était leur commun désir d'être mis à la tête d'un poste de traite où l'on put avoir de l'ivoire et toucher des tantièmes. C'est à cette fin seulement qu'ils intriguaient, se débinaient, se détestaient les uns les autres, mais quant à lever effectivement un doigt, ah, non !... Ce n'est pas sans quelque raison après tout que le monde tolère que certains volent un cheval, alors que d'autres n'ont même pas le droit de jeter les yeux sur le licou. Voler un cheval, soit !... Le voleur du moins y est allé carrément. Peut-être même sait-il s'en servir, de ce cheval... Mais il y a certaines façons de loucher vers un licou qui pousseraient aux violences l'âme la plus charitable...

« Je ne soupçonnais guère pour quelle raison mon homme se mettait ainsi en frais ; pourtant, tandis que nous bavardions, je m'avisai tout à coup qu'il s'efforçait d'en venir à quelque chose, tout bonnement à me tirer les vers du nez. Il ne cessait de faire allusion à l'Europe, aux gens que j'étais censé y connaître, posant des questions insidieuses sur mes relations dans la ville sépulcrale et ainsi de suite. Ses petits yeux brillaient de curiosité comme des disques de mica, bien qu'il essayât de garder quelque apparence de détachement. Je fus étonné tout d'abord : je me sentis bientôt curieux de démêler ce qu'il attendait de moi. Je ne voyais vraiment pas ce qu'il pouvait y avoir en moi qui valût tant de peine. C'était ma foi assez drôle les illusions qu'il se faisait, car, en vérité, mon corps n'était plein que de frissons et ma tête que de l'histoire de ce satané vapeur. Il n'est pas douteux qu'il me prenait pour un impudent arriviste. A la fin, il perdit patience et pour dissimuler un mouvement de dépit violent, il se mit à bâiller. Je me levai. A ce moment je remarquai une petite esquisse à l'huile, représentant sur un panneau de bois, une femme, drapée et les yeux bandés, portant une torche allumée. Le fond était sombre, presque noir. Le mouvement de la femme était imposant et l'effet de la torche, sur le visage, sinistre.

« Cela m'intéressa et il resta debout près de moi, poliment, tenant la demi-bouteille à champagne (voir toniques médicinaux !) dans laquelle la bougie était fichée. A la question que je lui posai, il répondit que M. Kurtz avait peint cela, dans cette même Station, il y avait un peu plus d'un an, en attendant les moyens de regagner son poste. « Je vous en prie, fis-je, dites-moi qui est ce M. Kurtz !... » « Le chef de la Station de l'intérieur », répondit-il d'un ton bref et en détournant les yeux. « Bien obligé ! » dis-je en riant. « Et vous vous êtes le briquetier de la Station Centrale. Chacun sait cela... » Il demeura un instant silencieux. « C'est un prodige, dit-il enfin. Il est l'émissaire de la pitié, de la science, du progrès, du diable sait quoi encore... » Et brusquement, il se mit à déclamer . « Pour mener à bien l'œuvre qui nous a été dévolue, pour ainsi dire, par l'Europe, il nous faut élever notre intelligence, étendre nos sympathies, subordonner tout à notre objet... » « Qui dit ça ?... » demandai-je. « Des tas de gens, répliqua-t-il. Il y en a même qui l'écrivent ; et voilà pourquoi *il* est venu ici, un être exceptionnel, comme vous devriez le savoir... » Je l'arrêtai, sincèrement étonné : « Pourquoi devrais-je savoir ?... » Il ne prit pas garde à mon interruption. « Oui. Aujourd'hui, il est à la tête de la meilleure station ; l'an prochain, il sera directeur-adjoint : deux ans de plus et... — mais j'imagine que vous savez ce qu'il sera dans deux ans. Ne faites-vous pas partie de la nouvelle clique... la clique de la Vertu !... Les gens qui l'ont spécialement envoyé ici sont ceux mêmes qui vous ont recommandé... Oh ! ne niez pas ; j'ai des yeux pour voir !... » La lumière se fit en moi. Les influentes relations de mon excellente tante produisaient un effet inattendu sur ce jeune homme. Je faillis éclater de rire. « Alors, vous lisez la correspondance confidentielle de la Société ? » demandai-je. Il ne trouva pas un mot à répondre. C'était vraiment comique : « Quand M. Kurtz sera directeur-général, continuai-je d'un ton sévère : c'est là un privilège dont vous ne jouirez plus... »

« Il souffla la bougie brusquement et nous sortîmes. La lune s'était levée. Des silhouettes noires rôdaient distraitement, tout en versant de l'eau sur les braises d'où s'échappait un sifflement ; la vapeur montait dans le clair de lune, le nègre battu gémissait quelque part. « Quel raffut fait cette brute ! » s'écria l'infatigable moustache apparaissant tout à coup. « C'est bien fait ! Infraction : châtiment... Bang ! — Impitoyable, impitoyable !... C'est la seule façon et cela empêchera tout incendie à l'avenir... Je disais justement au Directeur... » A ce moment il reconnut mon compagnon et changeant de ton aussitôt : « Pas encore couché ! » fit-il avec une sorte de servile cordialité. « C'est bien naturel d'ailleurs... Le danger, l'agitation ». Il s'éclipsa. Je me dirigeai vers la berge et l'autre me suivit ; j'entendis un murmure méprisant à mon oreille : « Tas d'idiots, va ! »

« On apercevait les pèlerins par groupes gesticulant, discutant. Plusieurs avaient encore leur bâton à la main. Je crois vraiment qu'ils emportaient leur bâton au lit ! Passé la clôture, la forêt se dressait, spectrale, sous la lune, et par-dessus les vagues rumeurs, les bruits mesquins de la misérable enceinte, le silence de ce pays vous allait droit au cœur, son mystère, sa grandeur, la saisissante réalité de sa vie cachée. Le nègre meurtri se lamentait faiblement quelque part, tout près de nous et ensuite il eut un soupir si profond que je pressai le pas. Une main à ce moment se glissa sous mon bras : « Mon cher Monsieur, je tiens à être bien compris, surtout par vous qui rencontrerez M. Kurtz longtemps avant que je n'aie ce plaisir. Je ne tiens pas à ce qu'il se fasse une fausse idée de mes dispositions... »

« Je le laissai, ce Méphistophélès de papier mâché, et en l'écoutant, il me paraissait que si je l'avais essayé, j'aurai pu le transpercer de mon index sans trouver à l'intérieur autre chose que, sans doute, un peu d'inconsistante saleté. Comprenez, il avait médité d'être quelque jour adjoint au directeur actuel, et je voyais bien que l'arrivée de ce Kurtz n'avait pas peu bouleversé leurs projets à tous deux. Il parlait avec précipitation et je ne tentai pas de l'arrêter. J'avais les épaules appuyées contre l'épave de mon vapeur, hissé sur la berge comme la carcasse de quelque énorme animal fluvial. L'odeur de la boue, de la boue des premiers âges, remplissait mes narines ; la noble tranquillité de la forêt primitive était devant mes yeux, et il y avait des taches luisantes sur l'eau noire de la crique. La lune avait répandu sur toutes choses une mince couche d'argent, sur l'herbe raide, sur la boue, sur la muraille de végétation entrelacée qui jaillissait plus haute que la muraille d'un temple, sur le grand fleuve lui-même, dont par une brèche obscure, je voyais couler étincelant l'ample courant sans murmure... Tout était grand, attentif, silencieux, cependant que cet homme se répandait en paroles sur lui-même. Et ce calme sur le visage de l'immensité qui nous regardait, je me demandais si c'était une supplication ou une menace. Qu'étions-nous pour nous être fourvoyés là ? Allions-nous soumettre cette chose muette ou être soumis par elle. Je sentis combien énorme, démesurément énorme était cette chose qui ne pouvait parler et peut-être était sourde aussi. Qu'y avait-il en elle ? J'en voyais bien sortir un peu d'ivoire et j'avais entendu dire aussi qu'elle contenait M. Kurtz. Dieu sait qu'on me l'avait assez corné aux oreilles !... Malgré tout, aucune image ne se faisait en moi, pas plus que si l'on m'eût dit qu'un ange ou un démon s'y abritait. J'y croyais comme certains croient que Mars est habité. J'ai connu autrefois un voilier écossais qui croyait dur comme fer qu'il y avait des hommes dans Mars. Si vous lui demandiez de quoi ils avaient l'air ou comment ils se comportaient, il devenait discret et marmottait quelque chose à propos de « marcher à quatre pattes ». Mais si vous faisiez mine de sourire, il vous proposait tout de suite, bien que ce fût un homme de soixante ans, de mettre bas la veste. Je n'aurais pas été jusqu'à me battre pour M. Kurtz, je faillis bien cependant aller en son honneur jusqu'au mensonge. Vous savez si je hais, si j'exècre, si je ne puis supporter le mensonge ; non que je sois plus droit qu'aucun autre, mais le mensonge m'épouvante. Il y a en lui un goût funèbre, un relent de mort qui me rappelle ce dont j'ai le plus horreur au monde, ce que par-dessus tout je tiens à oublier. Le mensonge me rend malade et me donne la nausée comme ferait de mordre dans quelque chose de pourri. Question de tempérament, je suppose ! Et pourtant je frisai bel et bien le mensonge en laissant ce jeune sot s'imaginer ce qui lui plut au sujet de mon influence en Europe : Oui, un instant, je ne fus plus qu'imposture moi-même, à l'égal des pèlerins ensorcelés, simplement parce que j'avais le vague sentiment de venir ainsi en aide à ce Kurtz qu'en ce moment je ne me figurais pas, comprenez-vous !... Il n'était qu'un nom pour moi. Je ne voyais pas plus l'homme derrière ce nom que vous ne le faites vous-mêmes. Car le voyez-vous ? Voyez-vous l'histoire ?... Voyez-vous quoi que ce soit ?... Je me fais l'effet d'essayer de vous raconter un rêve et de n'y pas réussir, parce qu'aucun récit de rêve ne peut rendre la sensation du rêve, ce mélange d'absurdité, de surprise, d'ahurissement dans l'angoisse qui se révolte, cette sensation d'être en proie à l'incroyable, qui est l'essence même du rêve. »

Il garda un moment le silence.

« Non, c'est impossible. Il est impossible de rendre la sensation de vie d'une époque donnée de l'existence, ce qui en fait la réalité, la signification, l'essence subtile et pénétrante. C'est impossible. Nous vivons comme nous rêvons, seuls... »

Il s'arrêta à nouveau comme s'il réfléchissait, puis ajouta : « Naturellement, vous autres, dans cette histoire, vous y voyez plus de choses que je ne faisais alors... Vous me voyez moi-même, que vous connaissez... »

L'obscurité était devenue si profonde que nous pouvions à peine nous distinguer les uns des autres. Depuis longtemps, déjà, assis à l'écart, il n'était plus pour nous qu'une voix. Personne ne soufflait mot. Les autres s'étaient peut-être assoupis, mais je veillais, et écoutais, épiant la phrase, le mot qui m'expliquerait l'indéfinissable malaise dégagé par ce récit qui semblait se façonner de soi-même, sans lèvres humaines pour lui donner forme, dans l'air épais de la nuit et du fleuve.

— « Oui, je le laissai aller, continuait Marlow, et penser ce qu'il voulut des Puissances qui étaient derrière moi. Voilà ce que je fis. Et il n'y avait rien derrière moi, sinon ce pauvre vieux vapeur estropié contre lequel je m'appuyais, tandis qu'il se répandait en paroles sur « la nécessité pour tout homme d'avancer. » — « Et quand on vient ici, voyez-vous — ce n'est pas pour bayer à la lune. M. Kurtz était un « génie universel »; entendu, mais même un génie peut mieux travailler avec des « outils adéquats — des hommes intelligents ». Sans doute, il ne fabriquait pas de briques, mais une impossibilité matérielle s'y opposait, comme je le savais bien, et s'il faisait office de secrétaire pour le directeur, c'était bien parce que « aucun homme sensé ne rejette sans motifs la confiance que lui témoignent ses supérieurs. » M'en rendais-je compte ?... Oui, je m'en rendais compte. — Que voulais-je de plus alors ? Bon sang, ce que je voulais, c'était des rivets. Des rivets. Pour avancer mon travail et boucher ce trou. Il y en avait des caisses là-bas, à la côte, empilées, éclatées, fendues ! A chaque pas, dans la cour de cette station sur la colline, vous butiez contre un rivet égaré. Des rivets avaient même roulé dans le bosquet de la mort. Pour se bourrer les poches de rivets, il n'y avait qu'à prendre la peine de se baisser, et ici, où ils étaient nécessaires, il n'y en avait pas un seul ! Nous avions les tôles qu'il fallait, mais rien pour les assembler. Et chaque semaine, le courrier, un solitaire moricaud, son sac de lettres sur l'épaule, son bâton à la main, quittait notre station pour la côte. Et plusieurs fois par semaine, une caravane s'amenait de la côte avec des marchandises de traite, d'affreux calicots glacés qui vous donnaient le frisson rien qu'à les regarder, des perles de verre à deux sous le quart, d'abominables mouchoirs de coton à pois. Mais de rivets point, alors que trois porteurs eussent suffi à amener tout ce qu'il fallait pour remettre le vapeur à flot.

« Il devenait maintenant familier, mais j'imagine que mon attitude réservée dut l'exaspérer à la longue car il jugea nécessaire de m'informer qu'il ne craignait ni Dieu ni diable, encore moins un simple mortel. Je lui dis que je n'en doutais pas, mais que ce que je désirais c'était une certaine quantité de rivets, qui étaient pareillement ce que M. Kurtz lui-même eût souhaité, s'il eût pu savoir ce qui se passait. Puisque des lettres envoyées chaque semaine à la côte... « Mon cher Monsieur, s'écria-t-il, je n'écris que ce qu'on me dicte !... » J'insistai. Pour un homme intelligent, il y a toujours moyen... Ses façons changèrent : il devint très froid et mit sans transition la conversation sur un hippopotame, se demandant si je n'étais pas dérangé par lui tandis que je dormais à bord, car je ne lâchais mon épave ni de jour ni de nuit. Il y avait un vieil hippopotame dont c'était la fâcheuse habitude de gravir les berges et de rôder la nuit dans les terrains de la Station. Les pèlerins alors avaient coutume d'effectuer une sortie en masse en déchargeant tous les fusils qui leur tombaient sous la main. Certains même avaient passé des nuits entières à l'affût. Tant d'énergie néanmoins avait été perdue : « L'animal, me dit-il, doit avoir un charme qui le protège, mais il n'y a que les animaux dans ce pays dont on puisse dire cela. Aucun homme, me comprenez-vous, aucun homme ici n'a de charme pour le protéger. » Il demeura un instant devant moi, dans le clair de lune, son nez délicatement crochu un peu de travers, ses yeux de mica luisant sans un battement de paupières ; sur son sec bonsoir ensuite, il s'éloigna. Je ne laissai pas de me rendre compte qu'il était troublé et fortement intrigué ; ce qui me mit plus d'espoir au cœur que je n'en avais eu depuis longtemps. Ce fut avec soulagement que je me détournai de cet individu pour retrouver mon influent ami, cette casserole de vapeur, tout délabré, tordu, en morceaux... Je grimpai à bord. Il résonnait sous mes pas comme une de ces boîtes à biscuit d'Huntley Palmers qu'on pousse à coups de pied dans le ruisseau. Il était peut-être de fabrication aussi robuste et d'une ligne plutôt moins gracieuse, mais je m'étais assez exténué dessus pour arriver à l'aimer. Aucun influent ami n'aurait pu mieux me servir. Il m'avait valu l'occasion de voir du pays, d'éprouver ce dont j'étais capable. Non, je n'aime pas le travail. Je préfère flâner en rêvant à toutes les belles choses qu'on pourrait faire. Je n'aime pas le travail : nul ne l'aime, mais j'aime ce qui est dans le travail, l'occasion de se découvrir soi-même, j'entends notre propre réalité, ce que nous sommes à nos yeux, et non pas en façade, ce que les autres ne peuvent connaître, car ils ne voient que le spectacle et jamais ne peuvent être bien sûr de ce qu'il signifie.

« Je n'éprouvai aucune surprise à trouver quelqu'un assis sur le pont à l'arrière, les jambes ballant au-dessus de la vase. J'avais fraternisé, voyez-vous, avec les quelques mécaniciens qui se trouvaient à la Station et que les pèlerins naturellement dédaignaient, à cause je suppose de leur manque de manières. Cèlui-ci était le contre-maître — chaudronnier de son métier, — excellent ouvrier. C'était un homme efflanqué, osseux, jaune de teint, avec de gros yeux expressifs. Son aspect était soucieux et son crâne aussi chauve que la paume de ma main, mais ses cheveux, en tombant, semblaient s'être raccrochés à son menton et avaient prospéré sur ce terrain nouveau, car la barbe lui pendait jusqu'à mi-corps. Il était veuf avec six jeunes enfants qu'il avait, pour venir ici, confiés à une de ses sœurs ; et les pigeons voyageurs faisaient la passion de sa vie. Il était à la fois un enthousiaste et un connaisseur. En parlant de pigeons, il devenait lyrique. Sa journée terminée, parfois il quittait sa case pour venir me parler de ses enfants et de ses pigeons. En travaillant, quand il avait à ramper dans la vase, sous la quille du bateau, il nouait sa fameuse barbe dans une espèce de serviette blanche qu'il apportait à cet effet. Elle était munie de boucles pour y passer les oreilles. Le soir, on le voyait accroupi sur la berge, rinçant avec grand soin son fourreau à barbe et l'étalant ensuite, solennellement, pour le faire sécher sur un buisson.

« Je lui allongeai une claque dans le dos en criant à tue-tête : « Nous aurons des rivets ! » Il fut sur pied d'un bond. « Des rivets !... Pas possible !... » comme s'il n'eut pu en croire ses oreilles. Puis, à voix basse, il ajouta : « Vous... Ah bah !... » Je ne sais pourquoi nous nous conduisions comme des toqués. Je posai un doigt au long de mon nez et hochai la tête d'un air mystérieux. « Bravo ! » s'écria-t-il en faisant claquer ses doigts, il leva la jambe. A mon tour j'esquissai une gigue, et nous nous mîmes à cabrioler sur le pont de fer. Un vacarme affreux s'éleva de la coque et la forêt vierge, de l'autre côté de la crique, en renvoya le roulement de tonnerre jusqu'à la Station assoupie. Il dut faire se dresser quelques-uns des pèlerins dans leur tanière. Une forme noire obscurcit le seuil éclairé de la case du Directeur, puis disparut et au bout d'un instant le seuil lui-même s'éteignit. Nous nous étions arrêtés et le silence qu'avait dispersé le battement de nos pieds à nouveau reflua vers nous. La haute muraille de verdure, une masse exubérante et enchevêtrée de troncs, de branches, de feuillages, de rameaux, de guirlandes, immobile dans le clair de lune, était pareille à une impétueuse avalanche de vie muette, une vague végétale, dressée, toute prête à déferler sur la crique et à balayer de leur petite existence les pauvres petits hommes que nous étions. Mais elle ne bougeait pas. Un éclat sourd, fait de reniflements et d'éclaboussements, nous parvint de loin, comme si un ichtyosaure eut été en train de prendre un bain de clarté dans le fleuve. « Après tout, dit le chaudronnier, d'un ton posé, pourquoi n'aurions-nous pas de rivets ? » Au fait, pourquoi pas ? Je ne voyais aucune raison qui pût nous empêcher d'en avoir. « Ils arriveront dans trois semaines », ajoutai-je avec confiance.

« Mais ils n'arrivèrent pas. Au lieu des rivets, il nous vint une invasion, une calamité, une visitation. Elle s'amena par sections, durant les trois semaines qui suivirent, chacune précédée par un âne qui portait un homme blanc, en complet neuf et souliers tannés, saluant de cette élévation à droite et à gauche, les pèlerins impressionnés. Une troupe querelleuse de nègres maussades, aux pieds endoloris, suivait sur les talons de l'âne. Force tentes, chaises de campement, cantines de zinc, caisses blanches, ballots bruns, furent jetés pêle-mêle dans un coin de la cour et l'atmosphère de mystère se faisait plus épaisse au-dessus du désordre de la Station. Cinq arrivages se succédèrent ainsi, avec la même apparence absurde de gens qui fuient en désordre, chargés des dépouilles d'innombrables magasins d'équipement et d'approvisionnement qu'ils auraient emportés au désert pour procéder à l'équitable partage du butin. C'était un inextricable fouillis de choses honnêtes en soi, mais à qui l'insanité de leurs propriétaires prêtait un aspect de produit de rapine.

« Cette estimable compagnie s'intitulait l'Expédition d'Exploration de l'Eldorado et je pense que ses membres étaient tenus par serment au secret. Leur conversation cependant était celle de sordides boucaniers ; elle était cynique sans audace, cupide sans hardiesse et cruelle sans courage ; dans toute la bande, il n'y avait pas un soupçon de prévoyance ou d'intention sérieuse : ils ne paraissaient même point se douter que de telles choses fussent nécessaires à la conduite des affaires de ce monde. Arracher des trésors aux entrailles de la terre était leur seul désir, sans plus de préoccupation morale qu'il n'y en a chez le cambrioleur qui fracture un coffre-fort. Qui supportait les frais de cette noble entreprise, je l'ignore, mais l'oncle de notre directeur était le chef de la bande.

« Extérieurement, il ressemblait à un boucher de quartier pauvre et ses yeux avaient une expression de ruse somnolente. Il portait une panse grasse avec ostentation sur des jambes courtes et durant tout le temps que sa troupe infesta la Station, il n'adressa la parole à personne si ce n'est à son neveu. On les voyait se promener du matin au soir, leurs têtes rapprochées dans une conversation qui ne finissait jamais.

« J'avais cessé de me tourmenter à cause de ces rivets. La faculté de souci dont on est capable à l'égard de ce genre de misère est plus restreinte qu'on ne l'imagine. J'envoyai le tout au diable et laissai aller les choses. J'avais ainsi du temps de reste pour méditer, et parfois, je donnais une pensée à Kurtz. Ce n'est pas qu'il m'intéressât vivement ; j'étais curieux cependant, de voir si cet homme, qui était venu ici avec certaines idées morales, arriverait à s'imposer malgré tout et de quelle façon, alors, il organiserait son affaire. »

II

« Un après-midi que j'étais étendu de tout mon long sur le pont de mon vapeur, j'entendis un bruit de voix qui se rapprochait ; c'étaient le neveu et l'oncle qui flânaient au bord de l'eau. Je reposai simplement la tête sur mon bras et j'étais déjà plus qu'à-demi assoupi quand quelqu'un dit — j'aurais juré que c'était à mon oreille — : « Je suis doux comme un enfant, mais je n'aime pas qu'on me fasse la loi... Suis-je le Directeur — ou non ?... On m'a donné l'ordre de l'envoyer là-bas... C'est incroyable !... » Je me rendis compte que les deux hommes étaient arrêtés sur la rive, à la hauteur de l'avant du vapeur, juste en-dessous de ma tête. Je ne bougeai pas ; l'idée ne me vint pas de faire un mouvement : j'étais si somnolent ! « C'est fâcheux... », grogna l'oncle. « Il a demandé à l'Administration qu'on l'envoie là-bas, reprit l'autre, avec l'arrière-pensée de montrer ce dont il était capable, et j'ai reçu des ordres en conséquence. Quelle influence cet homme ne doit-il pas avoir !

N'est-ce pas effrayant !... » Ils admirent l'un et l'autre que c'était effectivement effrayant et ajoutèrent diverses réflexions bizarres : « Fait la pluie et le beau temps... un seul homme... le Conseil... par le bout du nez », toute une kyrielle d'absurdes bouts de phrases qui finirent par avoir raison de ma somnolence si bien que j'avais à peu près repris mes esprits au moment où l'oncle déclara : « Le climat peut résoudre cette difficulté en votre faveur Il est seul là-bas ? » — « Oui, répondit le Directeur Il a envoyé son adjoint avec un billet à mon adresse ainsi conçu ou à peu près : Débarrassez ce pays de ce pauvre diable et ne prenez pas la peine de m'en envoyer d'autres du même acabit. J'aime mieux être seul que travailler avec l'espèce de gens que vous mettez à ma disposition ». « Il y a un peu plus d'un an de cela... Imagine-t-on pareille impudence ! » — « Et depuis lors ? » interrogea la voix rauque. « Depuis lors ! » éclata le neveu, « depuis lors : de l'ivoire. Des monceaux d'ivoire — et de première qualité — des monceaux !... On ne peut plus vexant, venant de lui... » — « Et avec ça ?... » reprit le sourd grognement. La réponse partit comme un coup de feu : « Des bordereaux de tantièmes !... » Puis le silence. C'était de Kurtz qu'ils venaient de parler.

« J'étais désormais tout à fait éveillé ; mais confortablement étendu, je continuai de me tenir coi, et n'éprouvai aucune envie de changer de position. « Et comment cet ivoire est-il arrivé ? » continua le plus âgé qui semblait fort contrarié. L'autre expliqua qu'il avait été apporté par une flottille de canots, sous la conduite d'un métis anglais que Kurtz avait comme employé ; Kurtz apparemment avait projeté de rentrer, son poste étant à ce moment vide de provisions et de marchandises, mais, après avoir fait près de trois cents milles, il s'était brusquement décidé à rebrousser chemin, ce qu'il avait fait seul, dans une pirogue, avec quatre pagayeurs, laissant le mulâtre descendre le fleuve avec l'ivoire. Mes deux gaillards semblaient ahuris à l'idée que quelqu'un eût risqué une telle chose. Ils n'arrivaient pas à en démêler les mobiles. Pour moi, il me parut que je démêlais Kurtz pour la première fois. Ce fut une illumination précise : la pirogue, les quatre sauvages pagayant et l'homme blanc solitaire, tournant le dos subitement à son quartier-général, à tout secours, à toute idée de retour, qui sait ! — pour regagner les profondeurs de la sauvagerie, sa station dépourvue et désolée. Je ne saisissais pas ses raisons. Peut-être, après tout, n'était-ce qu'un brave garçon qui s'acharnait à sa tâche, par amour pour elle. Son nom — notez — n'avait pas été prononcé une seule fois. Il était « cet homme ». Quant au mulâtre qui, à ce qu'il me paraissait, avait mené cette difficile expédition avec une prudence et une hardiesse remarquables, on en parlait comme de

« ce coquin ». Le « coquin » avait rendu compte que « l'homme avait été très malade, qu'il n'était qu'imparfaitement remis... » Le couple à ce moment fit quelques pas ; ils se mirent à promener de long en large. J'entendis les mots : Poste militaire — docteur — trois cents kilomètres — tout à fait seul maintenant — retards inévitables — neuf mois — aucunes nouvelles — rumeurs étranges; puis ils se rapprochèrent tandis que le Directeur disait : « Personne que je sache, sinon une espèce de trafiquant marron, un malfaisant individu qui chipe de l'ivoire aux indigènes... » De qui parlaient-ils à présent ? Peu à peu j'arrivai à comprendre qu'il s'agissait d'un homme qu'on supposait dans le district de Kurtz et qui ne jouissait pas de l'approbation du directeur. — « Nous ne serons débarrassés de cette concurrence déloyale que lorsque l'on aura pendu un de ces gaillards pour l'exemple... » « Parfaitement, grommela l'oncle, qu'on le pende !... Pourquoi pas ?... Tout, on peut tout faire dans ce pays... C'est là mon opinion : il n'y a personne ici entendez-vous, qui puisse mettre votre situation en péril. La raison ? — Vous supportez le climat. Vous survivez à tous. Le danger est en Europe, mais avant de partir, j'ai pris soin de... » Ils se remirent à marcher en chuchottant ; leurs voix ensuite s'élevèrent à nouveau : « Cette extraordinaire succession de retards n'est pas de ma faute J'ai fait ce qui était en mon pouvoir... »

Le gros homme soupira : « Très triste !... » « Et l'abominable absurdité de ses propos ! reprit l'autre. M'a-t-il assez excédé quand il était ici : Chaque station devrait être comme un phare sur la route du progrès, un centre de commerce sans doute, mais aussi un foyer d'humanité, de perfectionnement, d'instruction... Concevez-vous cela... l'imbécile... Et ça veut être directeur !... » L'excès de son indignation à ce moment l'étouffa — et je relevai imperceptiblement la tête. Je fus surpris de voir à quel point ils étaient près, tout juste au-dessous de moi : j'aurais pu cracher sur leurs chapeaux. Perdus dans leurs pensées, ils regardaient à leurs pieds. Le Directeur se fouettait la jambe avec une mince badine. Son judicieux parent releva la tête : « Vous vous êtes bien porté depuis que vous êtes revenu ici ? » demanda-t-il Le neveu eut un soubresaut : « Qui ? Moi !... Oh, comme un charme, comme un charme ! Mais les autres... Ah, grands dieux ! Tous malades !... Et ils meurent si vite que je n'ai pas le temps de les évacuer... C'est incroyable ». — « Hum ! grogna l'oncle. C'est bien ça... Voyez-vous, mon garçon, fiez-vous à cela, je vous le dis, fiez-vous à cela !... » Et je le vis étendre son gros court bras d'un geste qui enveloppait la forêt, la crique, la vase, le fleuve, comme si, par une imprudente bravade, il eût évoqué devant la face ensoleillée du pays, la mort aux aguets, tout le mal caché, toutes les ténèbres profondes du cœur de cette terre. L'effet fut si saisissant que je fus sur pied d'un bond et regardai du côté de la lisière de la forêt, comme si j'avais attendu on ne sait quelle réponse à cette odieuse manifestation de confiance. Vous savez de quelles absurdes impulsions on est parfois saisi ! Mais l'impassible tranquillité opposait à ces deux formes un air de sinistre patience, attendant que se fut écoulée la fantastique invasion.

« Ils se mirent à jurer tout haut tous les deux — pure frayeur, j'imagine ; sans faire mine ensuite de soupçonner mon existence, ils reprirent le chemin de la Station. Le soleil était bas, et côte à côte, penchés en avant, ils semblaient remorquer avec peine leurs ombres ridicules et inégales qui traînaient derrière eux sur les hautes herbes sans en courber un brin.

« Au bout de quelques jours, l'Expédition de l'Eldorado s'engagea dans la patiente sauvagerie qui se referma sur elle, comme la mer sur un plongeur. Longtemps après, la nouvelle nous parvint que tous les ânes étaient morts. J'ignore tout du sort des autres et moins estimables animaux. Sans doute, comme chacun de nous, trouvèrent-ils leur juste rétribution. Je ne m'en enquis pas. J'étais à ce moment assez excité à l'idée de rencontrer Kurtz très prochainement. Quand je dis très prochainement, je l'entends dans un sens relatif. Il s'écoula en fait tout juste deux mois entre le jour où nous quittâmes la crique et celui où je touchai terre au-dessous de la station de Kurtz.

« Remonter le fleuve, c'était se reporter, pour ainsi dire, aux premiers âges du monde, alors que la végétation débordait sur la terre et que les grands arbres étaient rois. Un fleuve désert, un grand silence, une forêt impénétrable. L'air était chaud, épais, lourd, indolent. Il n'y avait aucune joie dans l'éclat du soleil. Désertes, les longues étendues d'eau se perdant dans la brume des fonds trop ombragés. Sur des bancs de sable argentés des hippopotames et des crocodiles se chauffaient au soleil côte-à-côte. Le fleuve élargi coulait au travers d'une cohue d'îles boisées, on y perdait son chemin comme on eût fait dans un désert et tout le jour, en essayant de trouver le chenal, on se butait à des hauts fonds, si bien qu'on finissait par se croire ensorcelé, détaché désormais de tout ce qu'on avait connu autrefois, quelque part, bien loin, dans une autre existence peut-être. Il y avait des moments où le passé vous revenait, comme cela arrive parfois quand on n'a pas un moment de répit, mais il revenait sous la forme d'un rêve bruyant et agité, qu'on se rappelait avec étonnement parmi les accablantes réalités de cet étrange monde de plantes, d'eau et de silence. Et cette immobilité de toutes choses n'était rien moins que paisible. C'était l'immobilité d'une force implacable couvant on ne savait quel insondable dessein. Elle vous contemplait d'un air plein de ressentiment. Je m'y fis à la longue ; je cessai de m'en apercevoir ; je n'en avais guère le temps. Il me fallait deviner le chenal, discerner — d'inspiration surtout — les indices d'un fond caché. J'avais à épier les roches recouvertes ; j'apprenais à serrer vaillamment les dents pour empêcher mon cœur de faiblir, quand j'avais frôlé quelque satané tronc d'arbre qui eût éventré mon sabot de bateau et envoyé tous les pèlerins par le fond. Et il me fallait avoir l'œil sur la moindre apparence de bois mort qu'on couperait pendant la nuit pour s'assurer la vapeur du lendemain. Quand vous avez à vous appliquer tout entier à ces sortes de choses, aux seuls incidents de surface, la réalité — oui, la réalité elle-même ! — pâlit. La vérité profonde demeure cachée... Dieu merci ! Je la sentais néanmoins ; souvent je sentais sa mystérieuse immobilité qui épiait mes malices de singe, — comme elle vous épie aussi, vous autres, tandis que vous vous évertuez, chacun sur sa corde tendue, à faire des culbutes, à — à combien ?... — une demi-couronne l'une...

— « Soyez poli, Marlow... » grommela une voix et je sus ainsi qu'il y en avait encore un qui écouait, en dehors de moi.

— « Je vous demande pardon ! J'oubliais la nausée qui vous vient par-dessus le marché. Et après tout, qu'importe le prix si le tour est bien joué. Vous vous en acquittez à merveille. Et moi aussi je ne m'en tirai pas trop mal, puisque je réussis à ne pas couler ce bateau à mon premier voyage. J'en demeure encore stupéfait. Imaginez quelqu'un ayant à conduire, les yeux bandés, une charrette sur une mauvaise route ! J'ai pas mal sué et frissonné à ce jeu, je vous prie de le croire... Après tout, pour un marin, écorcher le fond de cette chose qui est censée flotter constamment sous sa garde est un crime impardonnable. Personne, peut-être, ne s'en est aperçu, mais vous n'oubliez pas le choc... Un coup en plein cœur... Vous vous en souvenez, vous en rêvez, vous vous réveillez la nuit pour y penser, — des années plus tard !... — et vous en avez encore froid et chaud !... Je n'irai pas jusqu'à prétendre que ce vapeur ne cessa jamais de flotter. Plus d'une fois il lui arriva de passer à gué, tandis que vingt cannibales à l'entour barbottaient et poussaient. Nous en avions, chemin faisant, enrôlé quelques-uns en guise d'équipage. Des êtres superbes — anthropophages à leurs heures... C'était des hommes avec qui l'on pouvait travailler et je leur reste reconnaissant. Après tout ils ne s'entre-dévorèrent pas sous mes yeux. Ils avaient apporté avec eux de la viande d'hippopotame qui se mit à pourrir et nous faisait puer au nez le mystère même de la sauvagerie... Brr ! j'en sens encore l'odeur... J'avais le directeur à bord et trois ou quatre pèlerins avec leurs bâtons, tous au complet !... Parfois nous rencontrions une station, au bord du fleuve, accrochée à la lisière de l'inconnu, et les blancs qui se précipitaient vers nous du fond d'un hangar croulant avaient un air étrange, l'apparence de gens qu'une sorte de charme eût retenu captifs. Le mot ivoire passait dans l'air pendant un moment, et puis nous repartions dans le silence, par les étendues vides, au long des coudes paisibles, entre les hautes murailles de notre route sinueuse dont les échos multipliaient le battement sourd de notre roue unique. Des arbres, des millions d'arbres, massifs, immenses, élancés d'un jet : et à leurs pieds, serrant la rive à contre-courant, rampait le petit vapeur barbouillé de suie, comme un misérable scarabée se traînant sur le sol d'un ample portique. On se sentait bien petit, bien perdu, et pourtant il n'y avait là rien de déprimant, car, somme toute, pour être petit, le misérable scarabée barbouillé n'en avançait pas moins, et c'était précisément ce qu'on attendait de lui. Où diable les pèlerins s'imaginaient-ils qu'il se traînait ainsi, je n'en sais rien. Vers un endroit où ils comptaient trouver quelque chose, je pense !... Pour moi, il se traînait vers Kurtz, tout bonnement, mais quand les tubes de vapeur se mettaient à fuir, nous ne nous traînions plus que bien lentement... Les longues avenues d'eau s'ouvraient devant nous et se refermaient sur notre passage, comme si la forêt eut enjambé tranquillement le fleuve pour nous barrer la voie du retour. Nous pénétrions de plus en plus profondément au cœur des ténèbres. Il y régnait un grand calme. Quelquefois, la nuit, un roulement de tam-tams, derrière le rideau des arbres, parvenait jusqu'au fleuve et y persistait faiblement, comme s'il eût rôdé dans l'air, au-dessus de nos têtes, jusqu'à la pointe du jour. Impossible de dire s'il signifiait la guerre, la paix ou la prière. L'aube toujours s'annonçait par la tombée d'une froide torpeur : les coupeurs de bois dormaient, leurs feux brûlaient bas et le craquement d'une branche vous faisait sursauter. Nous errions sur un sol préhistorique, sur un sol qui avait l'aspect d'une planète inconnue. Nous eussions pu nous croire les premiers des hommes prenant possession de l'héritage maudit qu'il leur faut s'assurer au prix d'une angoisse profonde et d'un labeur extrême. Mais, subitement, tandis que nous doublions péniblement un tournant du fleuve, une échappée s'ouvrait sur des murailles de roseaux, des toits de chaume côniques. et c'était une explosion de hurlements, un tourbillon de membres noirs, une multitude de mains qui battaient, de pieds qui frappaient le sol, de corps qui se balançaient, d'yeux qui roulaient, sous la retombée du feuillage pesant et immobile. Le vapeur côtoyait lentement une noire et incompréhensible frénésie. L'homme préhistorique nous maudissait-il, nous implorait-il, nous souhaitait-il la bienvenue, qui eût pu le dire ? Nous étions coupés de tout ce qui nous entourait . nous glissions pareils à des fantômes, étonnés et secrètement épouvantés, comme le serait un homme sain au spectacle d'une émeute enthousiaste dans un asile d'aliénés. Nous ne pouvions pas comprendre, parce que nous étions trop loin et nous ne pouvions pas nous rappeler, parce que nous voyagions dans la nuit des premiers âges, de ces âges qui ont passé en laissant à peine une trace... et pas de souvenir.

« La terre en cet endroit n'avait pas l'air terrestre Nous sommes habitués à considérer la forme entravée d'un monstre asservi ; mais là on découvrait le monstre en liberté. Il était surnaturel, et les hommes étaient... Non, ils n'étaient pas inhumains. Voyez-vous, c'était là le pire, ce soupçon qu'on avait qu'ils n'étaient pas inhumains. On y arrivait petit à petit : Sans doute, ils hurlaient, bondissaient, tournaient sur eux-mêmes, faisaient d'affreuses grimaces, mais ce qui saisissait, c'est le sentiment qu'on avait de leur humanité pareille à la nôtre, la pensée de notre lointaine affinité avec cette violence sauvage et passionnée... — Vilain... Certes, c'était assez vilain... Mais pour peu qu'on en eût le courage, il fallait bien convenir qu'on avait en soi une sorte d'indéfinissable velléité de répondre à la directe sincérité de ce vacarme, l'impression confuse qu'il s'y cachait un sens que vous étiez, vous si loin de la nuit des âges, capable de comprendre... Et pourquoi pas ! L'esprit de l'homme contient tous les possibles, parce que tout est en lui, tout le passé comme tout l'avenir... Qu'y avait-il là-dedans, après tout ?... Joie, frayeur, douleur, vénération, courage, colère, qui saurait le dire ?... De la vérité en tout cas, de la vérité dépouillée des oripeaux du temps. Que le sot demeure bouche bée et frissonne — l'homme comprend et peut regarder en face sans broncher. Encore faut-il qu'il soit lui-même aussi humain que ceux de la rive... Il faut aborder cette vérité avec ce qu'on a de plus réel en soi, avec notre propre force innée. — Des principes ?... Non, des principes ne suffiraient pas. Ce ne sont là qu'acquisition, déguisement, élégante friperie qui s'envoleraient à la première secousse un peu rude. Ce qu'il faut, c'est une foi délibérée... Y a-t-il pour moi un appel dans ce barbare tumulte ?... Soit, j'entends, j'admets, mais j'ai une voix aussi et qui n'est pas de celles à qui on impose silence... Bien sûr, le sot, — soit frayeur, soit nobles sentiments, — ne court aucun risque... Que marmottez-vous là-bas ?... Vous vous demandez pourquoi je ne suis pas descendu à terre pour y aller à mon tour de mon hurlement et de ma danse... Je ne l'ai pas fait, j'en conviens... Nobles sentiments, dites-vous ? Au diable les nobles sentiments ! J'avais bien le temps d'y songer ! J'avais bien assez à faire, avec de la céruse et des bandes coupées dans des couvertures de laine, à envelopper les tubes de vapeur qui fuyaient. J'avais à veiller à la barre, à éviter les troncs d'arbres noyés et, vaille que vaille, à faire avancer mon raffiau de bateau. Ces choses-là contenaient une vérité de surface qui eût suffi à préserver plus sage que moi. Et entre-temps, j'avais à surveiller le sauvage qui me servait de chauffeur. C'était un spécimen amélioré. Il était capable de chauffer une chaudière verticale. Je l'apercevais d'en haut et, ma parole ! le regarder était aussi édifiant que de voir un chien en culottes et chapeau à plumes qui danse sur ses pattes de derrière. Quelques mois d'apprentissage avaient suffi à ce gaillard réellement remarquable. Il louchait vers le manomètre ou le niveau d'eau avec un évident effort d'intrépidité et il n'en avait pas moins les dents limées, le pauvre diable ! — et de bizarres dessins au rasoir sur la laine de son crâne, et trois encoches décoratives sur chaque joue. Tandis qu'il aurait dû être sur la rive à battre des pieds et des mains, il lui fallait demeurer là, à peiner dur, asservi à une incompréhensible sorcellerie et pénétré d'un savoir croissant. Il était utile parce qu'il avait été dégrossi, et ce qu'il savait, c'est que, si l'eau venait à disparaître dans cette chose transparente, le mauvais génie enfermé à l'intérieur de la chaudière s'irriterait de l'intensité de sa soif et se vengerait de façon terrible. Aussi il suait et activait ses feux et épiait le verre d'un air effrayé (avec un fétiche improvisé, fait de haillons liés à son bras et un morceau d'or poli, aussi gros qu'une montre, fiché à plat dans sa lèvre inférieure), tandis que les rives boisées défilaient lentement, et que laissant derrière nous le bruit furtif de notre passage, et combien d'interminables kilomètres de silence ! — nous avancions péniblement dans la direction de Kurtz. Mais les troncs noyés étaient abondants, l'eau perfide et sans profondeur ; la chaudière effectivement semblait abriter un démon acariâtre, si bien que ni le chauffeur ni moi-même n'avions le loisir d'approfondir nos insidieuses pensées.

« A quelque vingt kilomètres de la Station Intérieure, nous tombâmes sur une case de roseaux, un mélancolique mât penché, arborant encore les méconnaissables lambeaux de ce qui avait été un drapeau — et sur la rive un tas de bois proprement empilé. Ceci était inattendu. Nous accostâmes et sur le tas de bois nous trouvâmes une planchette portant une inscription au crayon, toute pâlie. Nous y pûmes déchiffrer les mots suivants : « Du bois pour vous. Dépêchez-vous. Approchez avec précaution. » Il y avait une signature, mais elle était illisible ; ce n'était pas celle de Kurtz, le nom était plus long. — Dépêchez-vous ! De quoi faire ?... De monter le fleuve ?... — Approchez avec précaution. — Nous n'en avions rien fait, mais la recommandation ne pouvait viser l'endroit où il n'était possible de la trouver qu'après avoir déjà approché. Quelque chose de grave plus haut, sans doute !... Mais quoi ! — et jusqu'à quel point ?... Telle était la question. Nous accueillîmes avec des commentaires désapprobateurs ce style télégraphique. La brousse, à l'entour, ne disait rien et du reste ne permettait guère d'aller voir bien loin. Un rideau déchiré de cotonnade rouge pendait au seuil de la case et nous battait tristement au visage. L'habitation était en ruines, mais on voyait qu'un blanc y avait vécu naguère. Il restait une table grossière — une planche sur deux montants ; un tas de détritus s'amoncelait dans un coin sombre, et près de la porte, je ramassai un livre. Il n'avait plus de couverture et à force d'avoir été feuilletées, les pages avaient pris une espèce de mollesse extrêmement crasseuse, mais le dos avait été recousu avec amour à l'aide de coton blanc qui avait encore l'air propre. C'était une trouvaille extraordinaire. Elle avait pour titre : *Recherches sur quelques Problèmes de Navigation*, par un nommé Tower, Towson, un nom de ce genre, capitaine de la Marine Britannique. Le sujet paraissait austère à souhait, avec ses diagrammes explicatifs et de déprimants tableaux de chiffres.

et l'ouvrage datait de soixante ans. Je maniai cette déconcertante antiquité avec la plus délicate précaution, de peur qu'elle ne tombât en poussière entre mes mains. Dans le volume Towson ou Towser dissertait avec gravité sur le point de rupture des chaînes et palans et autres questions analogues. Pas très captivant, le bouquin, mais du premier coup d'œil, on y reconnaissait une telle honnêteté d'intention, un si loyal souci d'exercer proprement son métier, qu'ils faisaient resplendir ces humbles pages, méditées il y a si longtemps, d'une lumière qui n'était pas simplement professionnelle. Le candide vieux marin, avec ses histoires de chaînes et d'apparaux, me fit soudain oublier la brousse et les pèlerins, dans l'émotion que j'éprouvais à me trouver enfin en face de quelque chose d'indiscutablement réel. Qu'un tel livre se trouvât là, c'était déjà merveilleux, mais plus surprenantes encore étaient les notes crayonnées en marge et se rapportant notoirement au texte. Je n'en pouvais croire mes yeux. Et elles étaient en langage chiffré. Oui, elles m'avaient tout l'air d'être rédigées en chiffres... Imaginez l'individu trimballant dans ce pays perdu un livre de cet ordre et l'étudiant et prenant des notes — en chiffres ! Le mystère était extravagant.

« Je m'étais vaguement rendu compte depuis quelque temps d'une agitation déplaisante : quand je relevai la tête, je m'aperçus que le tas de bois avait disparu et que le Directeur, assisté de tous les pèlerins, m'appelait à grands cris du bord du fleuve. Je glissai le livre dans ma poche. Je vous assure qu'en interrompant ma lecture, ce fut comme si je m'arrachais à l'asile d'une vieille et solide amitié.

« Je remis ma boiteuse machine en marche. « Ce doit être ce misérable traitant, cet intrus !... », s'écria le Directeur, en se retournant d'un air malveillant vers l'endroit que nous venions de quitter. — « Ce doit être un Anglais... », fis-je. — « Cela ne l'empêchera pas d'avoir des ennuis, s'il n'est pas prudent... », grommela le Directeur d'un air sombre ; à quoi je répliquai du ton le plus innocent que nul n'était exempt d'ennuis en ce monde.

« Le courant était devenu plus rapide et le vapeur semblait à bout de souffle ; la roue d'arrière tournait languissamment et de temps en temps, je me prenais à écouter sur la pointe des pieds les battements des palettes, car, en toute sincérité, je m'attendais à ce que d'un moment à l'autre, la misérable patraque s'arrêtât. C'était proprement épier les dernières palpitations d'une vie qui s'éteint. Pourtant, nous continuions de nous traîner. Parfois, je marquais du regard un arbre devant moi, pour mesurer grâce à lui de quelle distance nous nous rapprochions de Kurtz, mais je le perdais de vue invariablement avant de l'avoir atteint. C'en était trop pour la patience humaine que de garder les yeux si longtemps fixés sur un même point. Le Directeur faisait preuve d'une magnifique résignation. Pour moi, je m'énervais et m'agitais tout en discutant en mon for intérieur s'il convenait ou non de parler ouvertement à Kurtz. Mais avant d'en être arrivé à une conclusion, l'idée me vint que parler, me taire ou faire quoi que ce fût, tout était également vain. Qu'importait que quelqu'un sût ou ignorât ! Qu'importait que ce fût celui-ci ou celui-là qui fût Directeur ! On a parfois de ces illuminations... Les ressorts de cette affaire étaient profondément cachés sous la surface, à l'abri de mon atteinte et de ma possible intervention.

« Vers le soir du second jour, j'estimai que nous nous trouvions à environ treize kilomètres de la station de Kurtz. J'avais grand'envie de continuer, mais le Directeur prit une mine grave et me déclara que la navigation dans ces parages était si dangereuse qu'il paraissait prudent, le soleil étant déjà très bas, de demeurer où nous étions jusqu'au lendemain matin. De plus, il me fit observer que s'il y avait à tenir compte de l'avis qui nous avait été donné d'approcher avec précaution, nous avions à approcher en plein jour, non à la brume ou pendant la nuit. Tout cela était fort raisonnable. Treize kilomètres ne faisaient guère que trois heures de route pour nous : d'autre part, je distinguais des rides suspectes sur le fleuve devant nous. Ce retard, néanmoins, me contraria au delà de toute expression et de façon fort absurde aussi, étant donné qu'une nuit de plus ou de moins n'avait guère d'importance après tant de mois. Comme nous avions du bois en abondance, et que la consigne était d'être prudents, je gagnai le milieu du fleuve. Il était à cet endroit droit et resserré entre des berges hautes comme les talus d'un chemin de fer. L'ombre s'y glissa bien avant que le soleil ne fût couché. Le courant fuyait égal et rapide, mais une immobilité muette pesait sur les rives. Les arbres vivants, attachés les uns aux autres par les lianes grimpantes, les vivantes broussailles qui croissaient en dessous, on aurait pu croire que tout était changé en pierre, jusqu'au plus mince rameau, à la feuille la plus légère. Ce n'était pas du sommeil : c'était surnaturel et comme un état de transe. Pas le moindre bruit ne se faisait entendre. On regardait avec étonnement, avec le sentiment d'être devenu sourd et puis la nuit tombait et vous rendait aveugle par surcroît. Vers trois heures du matin, un gros poisson sauta hors de l'eau et le bruit me fit sursauter comme si l'on venait de tirer un coup de fusil. Quand le soleil se leva, il régnait un épais brouillard blanc, très chaud, consistant et plus impénétrable que la nuit elle-même. Il ne dérivait ni ne bougeait : il demeurait simplement autour de nous comme quelque chose de solide. Vers huit ou neuf heures, pourtant, il se leva comme se lève un volet. Nous eûmes une échappée sur les arbres innombrables qui nous dominaient, sur l'immense brousse enchevêtrée avec la petite boule incandescente du soleil suspendue au-dessus — le tout parfaitement immobile, — et ensuite le volet redescendit sans bruit, comme s'il eût glissé dans des rainures bien graissées. Je donnai l'ordre de laisser aller la chaîne que nous avions commencé de hâler. Avant que son raclement ne se fut arrêté, un cri, un très grand cri, comme d'une désolation infinie, s'éleva lentement dans l'air opaque. Il s'arrêta. Une clameur plaintive, modulée sur de sauvages dissonnances, remplit nos oreilles. Elle était à ce point inattendue que mes cheveux se hérissèrent sous ma casquette. Je ne sais l'effet qu'elle fit sur les autres ; pour moi il me parut que le brouillard lui-même venait de gémir, tant cette voix lamentable et tumultueuse avait subitement jailli de tous les côtés à la fois. Elle se termina sur les éclats précipités d'un hurlement aigu, dont l'intensité était presque intolérable et qui cessa tout à coup, nous laissant figés en diverses attitudes assez ridicules et continuant d'écouter le silence presque aussi effrayant et excessif. — « Grand Dieu ! qu'est-ce que cela veut dire ?... » balbutia derrière moi l'un des pèlerins, un petit homme gras, aux cheveux filasse et favoris rouges, qui portait des chaussures à élastiques et un pyjama rose dont le bout du pantalon était enfoncé dans ses chaussettes. Deux autres demeurèrent bouche bée une minute, puis se précipitèrent dans la petite cabine, pour réapparaître aussitôt, jetant partout des regards effarés et avec des Winchester tout armés entre les mains. Nous pouvions tout juste voir le vapeur sur lequel nous étions, ses lignes brouillées comme sur le point de se dissoudre et autour de nous une brumeuse bande d'eau, large de deux pieds peut-être, et c'était tout. Le reste du monde avait cessé d'exister, pour nos yeux du moins et nos oreilles. Dissipé, évanoui, balayé sans laisser ni un soupir, ni une ombre, derrière lui.

« Je me dirigeai vers l'avant et donnai l'ordre de raccourcir la chaîne de manière à être prêt à hisser l'ancre et à mettre en marche incontinent, s'il était nécessaire. « Croyez-vous qu'ils attaquent ? » murmura une voix angoissée. Un autre fit : « Dans ce brouillard, nous serons tous massacrés ! » Les visages étaient tendus, les mains tremblaient légèrement, les paupières oubliaient de battre. Rien n'était plus curieux que d'observer le contraste entre l'expression des blancs et celle des noirs de l'équipage, aussi étrangers à cette partie du fleuve que nous l'étions nous-mêmes, bien que leur pays natal ne fût guère distant que de quelque treize cents kilomètres. Les blancs non seulement étaient décomposés, mais avaient l'air d'être péniblement choqués par un tumulte aussi incongru. Les autres laissaient voir une expression alerte et naturellement intéressée, bien que leurs visages demeurassent calmes, même chez ceux qui découvraient leurs babines en hissant la chaîne. Plusieurs échangèrent de courtes phrases gutturales qui parurent pour eux trancher la question d'une manière satisfaisante. Leur chef, un jeune noir à l'ample carrure, étroitement drapé dans des étoffes à bordure bleu foncé, les narines farouches et la chevelure ingénieusement relevée en petites boucles huileuses, se dressa à mon côté. — « Et bien ?... » fis-je, pour dire quelque chose. — « Attrape-le, fit-il férocement, en ouvrant des yeux enflammés, cependant que ses dents aiguës brillaient. Attrape-le et donne-le nous. — Vous le donner, demandai-je, et pourquoi faire ?... — Le manger... », fit-il laconiquement et s'accoudant sur le bordage, il se mit à considérer le brouillard, dans une attitude digne et profondément pensive. J'aurais sans doute été horrifié, si l'idée ne m'était venue que ses pareils et lui devaient avoir extrêmement faim et que leur faim depuis un mois au moins n'avait dû cesser de croître. Ils avaient été engagés pour six mois (aucun d'eux, j'imagine, n'avait sur le temps de notions pareilles à celles qu'après des âges sans nombre nous avons acquises. Ils appartenaient encore au commencement des temps et n'avaient pas d'expérience héréditaire pour les instruire sur ce point) : du moment qu'il y avait un bout de papier noirci, en conformité d'une loi burlesque confectionnée à l'autre bout du fleuve, il n'était jamais entré dans la tête de personne de s'inquiéter de leurs moyens d'existence. Sans doute, ils avaient apporté avec eux un stock de viande d'hippopotame pourrie, mais elle ne les aurait pas menés bien loin, même si les pèlerins, avec force manifestations de mauvais goût, n'en avaient jeté la plus grande partie par-dessus bord. Le procédé peut paraître un peu arbitraire, mais ce n'était qu'un cas de légitime défense. Impossible de respirer l'odeur de l'hippopotame crevé durant les repas, durant le sommeil, en s'éveillant et toute la journée et de ne pas sentir se relâcher en même temps la prise précaire qu'on a sur l'existence. Par ailleurs, on leur avait alloué à chacun une fois par semaine trois bouts de fil de laiton, longs d'environ neuf pouces, qui en principe devaient leur servir de monnaie d'échange pour acheter des provisions dans les villages riverains. Vous voyez d'ici comment ça fonctionnait ! Ou bien il n'y avait pas de village, ou bien les populations étaient hostiles, ou bien le Directeur — qui comme nous se nourrissait de conserves, corsées de temps en temps d'un vieux bouc, — ne tenait pas à arrêter le vapeur pour quelque raison plus ou moins obscure. De sorte qu'à moins qu'ils ne se nourrîssent du laiton lui-même ou n'en fissent des nœuds coulants pour attraper le poisson, je ne vois pas trop quel bénéfice ils pouvaient bien tirer de cet extravagant salaire. Je dois reconnaître qu'il était réglé avec une régularité digne d'une importante et honorable entreprise commerciale. Pour le reste, la seule espèce de nourriture que je leur eusse vue entre les mains — et elle ne paraissait guère comestible ! — consistait en quelques morceaux d'une matière pareille à de la pâte mal cuite, d'une couleur malpropre tirant sur la lavande, qu'ils conservaient dans un enveloppement de feuilles et dont ils avalaient une bouchée de temps en temps, mais si mince qu'ils semblaient y toucher moins avec l'intention réelle de se sustenter que pour se donner l'illusion de manger. De par tous les démons rongeurs de la faim, pourquoi ne nous tombèrent-ils pas dessus — ils étaient trente contre cinq ! — et ne se donnèrent-ils pas pour une fois leur content, j'en suis encore ahuri quand j'y songe. C'était de grands hommes robustes, incapables de mesurer les conséquences de leurs actes, doués de courage et même de force, bien que leur peau eût cessé d'être luisante et leurs muscles d'être durs. Force m'était de constater qu'une obscure influence, l'un de ces mystères humains qui jettent un défi au plausible, avait dû entrer en jeu. Je les considérai avec un vif regain d'intérêt. L'idée qu'avant peu je pouvais fort bien être mangé par eux ne m'entra pas dans la tête. Et pourtant, il faut avouer qu'à ce moment, je m'aperçus — à la faveur de ce jour nouveau — de l'aspect malsain des pèlerins, et j'espérai, oui, positivement, j'espérai que ma personne n'avait pas un air aussi — comment dirai-je, — aussi peu appétissant, — touche de vanité fantastique qui s'accordait à merveille avec la sensation de rêve qui pénétrait mon existence à cette époque. Peut-être avais-je aussi un peu de fièvre. On ne peut passer tout son temps à se tâter le pouls. J'avais souvent des pointes de fièvre, des atteintes de diverses choses, coups de griffe enjoués de la sauvagerie — la bagatelle précédant l'accès plus sérieux qui suivit en temps voulu. — Oui, ma foi, je les considérai, — comme on regarderait n'importe quel être humain — avec la curiosité de leurs impulsions, de leurs mobiles, des ressources ou des faiblesses qu'ils pourraient accuser à l'épreuve d'une inexorable nécessité physique. Retenue !... Quelle retenue imaginer !... Superstition, dégoût, patience, peur — ou quelque façon d'honneur primitif ?... Aucune peur ne tient devant la faim ; aucune patience qui l'apaise et pour la faim le dégoût n'existe pas ; quant aux superstitions, croyances, et ce que vous pouvez appeler principes, ils pèsent moins qu'un flocon dans la brise... Soupçonnez-vous tout ce qu'il y a d'infernal dans l'inanition qui se prolonge, sa torture exaspérée, ses sinistres pensées, la sombre férocité qui couve en elle ? Moi, je sais ce que c'est. Il faut à un homme toute sa force innée pour résister convenablement à la faim. En fait il est plus aisé d'affronter le dénuement, le déshonneur et la perte de son âme, que cette espèce de faim qui dure. Triste, mais vrai !... Et ces gaillards-là n'avaient aucune raison au monde de se faire scrupule. Retenue !... Autant en attendre de l'hyène qui rôde parmi les cadavres d'un champ de bataille !... Mais tel était, cependant, le fait devant moi, éclatant, pareil à l'écume sur les profondeurs de la mer, au frémissement derrière l'énigme insondable : et son mystère, à y bien réfléchir, m'apparaissait plus alarmant que l'inexplicable, l'étrange accent de douleur désespérée qui traversait cette sauvage clameur, jaillie vers nous de la rive, derrière la blancheur aveugle du brouillard.

« Mais de quelle rive ? Deux des pèlerins disputaient sur ce point d'une voix basse et précipitée. « La gauche ! — Mais non, voyons ! De la droite, cela va sans dire... » — « C'est très grave, fit le Directeur derrière moi. Je serais désolé qu'il arrivât quelque chose à M. Kurtz avant que nous ayons pu le rejoindre ». Je le regardai et ne doutai pas un instant qu'il ne fût sincère. Il était de ces hommes qui jusqu'au bout tiennent à sauver les apparences. C'était là sa retenue ! Mais quand il bredouilla je ne sais quoi sur la nécessité d'aller de l'avant, je ne pris même pas la peine de répondre. Je savais, et lui aussi, que c'était impossible. Pour peu que nous eussions lâché notre ancrage nous nous serions trouvés littéralement en l'air, dans l'espace. Nous n'aurions pu dire où nous allions — si nous remontions le courant, le descendions ou le traversions, tant que nous ne nous serions pas jetés sur une rive, et même alors comment savoir si c'était la droite ou la gauche ! Bien entendu je ne bougeai pas. Je ne tenais nullement à nous mettre en pièces... Pas moyen de trouver un endroit plus mal choisi pour un naufrage... Noyés sur-le-champ ou non, nous étions bien assurés d'y rester d'une manière ou d'une autre et sans délai !... — « Je vous autorise à tout risquer !... » me dit-il après un court silence. — « Je me refuse à prendre aucun risque », répondis-je sèchement, ce qui était exactement la réponse qu'il attendait, bien que mon ton eût de quoi le surprendre. — « Soit, je dois m'en remettre à votre jugement. C'est vous le capitaine... », fit-il d'un ton de politesse marquée. Je lui tournai le dos pour tout compliment et scrutai le brouillard. Combien de temps allait-il durer ? Mais d'écarquiller les yeux ne nous avançait guère. Les approches de ce Kurtz, qui ramassait son ivoire dans la brousse la plus détestable, étaient décidément entourées d'autant de dangers que s'il se fût agi d'une princesse enchantée endormie dans un château fabuleux... « Pensez-vous qu'ils nous attaquent ? » me demanda le Directeur, d'un ton de confidence.

« J'étais d'avis qu'ils n'attaqueraient pas, pour diverses raisons manifestes. Le brouillard épais en était une. Pour peu qu'ils s'écartassent de la rive dans leurs pirogues, ils se seraient trouvés perdus, comme nous l'eussions été nous-mêmes, si nous avions tenté de bouger. De plus il m'avait paru que la brousse de chaque côté était tout à fait impénétrable, et pourtant il y avait des yeux là-dedans, des yeux qui nous avaient vus ! Le taillis au long des berges sans doute était très épais, mais derrière celui-ci, le sous-bois était évidemment plus accessible. Quoi qu'il en fût, durant la brève éclaircie, je n'avais nulle part aperçu de pirogues sur le fleuve, il n'y en avait assurément pas à la hauteur du navire. Mais ce qui rendait l'éventualité d'une attaque inadmissible à mes yeux, c'était la nature même du bruit, des cris que nous avions entendus. Ils n'avaient pas le caractère farouche qui présage une immédiate intention hostile. Si inattendus, sauvages et violents qu'ils eussent été, ils m'avaient donné une impression irrésistible de douleur. L'apparition du vapeur avait pour je ne sais quelle raison rempli ces sauvages d'une peine infinie. Le danger, s'il y en avait un, expliquai-je, résultait plutôt de la proximité où nous étions d'une grande passion déchaînée. L'extrême douleur elle-même peut finir par se résoudre en violence : mais plus généralement elle se traduit par de l'apathie.

« Il eût fallu voir les pèlerins ouvrir des yeux ronds. Ils n'avaient pas le courage de ricaner ou de me tourner en dérision, mais ils durent me croire fou — de frayeur sans doute ! Je leur fis un discours en trois points : Mes enfants, pas besoin de se frapper ! Avoir l'œil au guet ?... Vous pensez bien que j'épiais la moindre velléité qu'aurait le brouillard de se lever, à la façon dont le chat épie la souris, mais pour tout autre usage nos yeux étaient aussi inutiles que si nous avions été enfouis à quelques kilomètres de profondeur, sous une montagne de coton. J'éprouvais du reste l'impression accablante, chaude, étouffante d'un ensevelissement... — Tout ce que je déclarai aux pèlerins, si extravagant qu'il parût, était d'ailleurs la stricte vérité. Ce que nous considérâmes ultérieurement comme une attaque, ne fut somme toute tenté que pour nous tenir à distance. Loin d'être agressive, l'action n'était même pas défensive au sens usuel du mot : elle fut risquée sur le coup du désespoir et n'était essentiellement qu'une mesure de protection contre nous.

« Elle se développa, si je puis dire, deux heures après que le brouillard se fût levé et son commencement prit place à un endroit distant d'environ deux kilomètres de la station de Kurtz. Nous venions tout juste de doubler péniblement un coude, lorsque j'aperçus un îlot, une simple langue de terre herbue, d'un vert éclatant, au milieu du courant. Elle était seule de son espèce, mais en approchant je constatai qu'elle constituait la pointe avancée d'un long banc de sable ou plutôt d'une suite de hauts fonds qui s'étendaient au milieu du fleuve. Ils étaient décolorés, tout juste immergés et se laissaient deviner sous l'eau comme au long d'un dos les vertèbres apparaissent sous la peau. Autant que je m'en rendais compte, on pouvait passer soit à droite, soit à gauche. Bien entendu, j'ignorais tout du chenal. Les deux rives paraissaient identiques et la profondeur pareille : pourtant, sachant que la station se trouvait du côté ouest, je pris instinctivement le passage à droite.

« A peine y étions-nous engagés, je m'aperçus qu'il était beaucoup plus étroit que je ne l'avais supposé. A notre gauche s'étendait le haut banc ininterrompu : de l'autre côté, la berge se dressait à pic, couverte d'un épais taillis ; au-dessus de ce taillis, les arbres s'élevaient en rangs serrés. Les feuillages pendaient au-dessus du courant et de temps en temps une grosse branche se projetait toute droite en travers du fleuve. L'après-midi était avancé : l'aspect de la forêt était sombre et déjà une large bande d'ombre était tombée sur l'eau. C'est dans cette ombre que nous avancions, fort lentement, vous pouvez m'en croire. Je gouvernais au plus près de la rive, l'eau étant plus profonde au long des berges, ainsi que l'indiquaient les sondages à la perche.

« L'un de mes affamés et patients amis sondait à l'avant juste en dessous de moi. Ce vapeur était fait exactement comme un chaland ponté. Sur le pont s'élevaient deux petits réduits en bois de teck, avec porte et fenêtres. La chaudière était à l'avant, la machine à l'arrière. Par-dessus le tout courait un appontement léger, soutenu par des étançons. La cheminée passait à travers ce toit et en face de la cheminée, une étroite cabine, construite en planches légères, servait d'abri de pilote. Elle contenait une couchette, deux chaises de camp, un Martini-Henry tout chargé dans un coin, une table minuscule et enfin la barre. Il y avait une large porte sur le devant et un volet épais de chaque côté. Porte et volets, il va de soi, étaient toujours ouverts. Je passais mes journées là-haut, perché à l'extrême-avant du pont, en face de la porte. La nuit je dormais ou essayais de dormir sur la couchette. Un nègre athlétique qui appartenait à une tribu de la côte et qu'avait éduqué mon malheureux prédécesseur, servait de timonier. Il portait avec fierté des boucles d'oreilles en laiton, arborait une sorte de fourreau de coton bleu qui l'enveloppait de la poitrine aux chevilles et il avait de lui-même la plus haute opinion.

C'était bien l'animal le plus mal équilibré que j'eusse jamais rencontré. Quand vous étiez près de lui, il gouvernait de l'air le plus important du monde, mais sitôt seul, il devenait la proie de la plus abjecte frousse, et en moins d'une minute tout contrôle sur cet éclopé de vapeur lui échappait.

« J'observais la sonde et j'étais fort ennuyé de constater qu'à chaque coup, un bout de plus en plus long dépassait de l'eau, quand je vis mon sondeur laisser tout en plan brusquement et se coucher à plat sur le pont sans même prendre la peine de retirer sa perche. Il ne l'avait pas lâchée cependant et elle continuait de traîner dans l'eau. En même temps, le chauffeur, que je découvrais en contre-bas, se mit précipitamment sur son séant devant la chaudière en enfonçant la tête entre les épaules. J'étais stupéfait, mais il me fallut reporter les yeux sur le fleuve sans retard parce qu'il y avait un tronc d'arbre sur notre route. Des bâtons, des petits bâtons volaient autour de nous, en nuées ; ils sifflaient à ma barbe, tombaient au-dessous de moi, heurtaient l'abri du pilote derrière mon dos. Et durant ce temps, le fleuve, le rivage, la forêt étaient calmes, parfaitement calmes. Je n'entendais que le lourd barbottement de notre roue à l'arrière et le bruit d'averse de ces choses qui volaient. — Tant bien que mal, nous évitâmes le tronc d'arbre. — Des flèches, bon sang ! On nous tirait dessus... Je rentrai vivement fermer le volet du côté de la terre. Cet idiot de timonier, ses mains sur les rayons, levait les genoux, frappait du pied, rongeait son frein, quoi ! comme un cheval qu'on retient. Le diable l'emporte ! Et nous nous traînions à dix pieds de la rive. Il me fallut me pencher au dehors pour faire basculer le pesant volet et j'aperçus une face entre les feuilles, au niveau de la mienne, qui me dévisageait avec une fixe férocité, et soudain comme si un bandeau fut tombé de mes yeux, je distinguai dans la confuse pénombre des poitrines nues, des bras, des jambes, des yeux brillants : la brousse grouillait de formes humaines en mouvement, luisantes, couleur de bronze. Les branches bougeaient, se balançaient, bruissaient : les flèches s'en échappaient... — mais le volet enfin s'abattit. — « Droit devant toi !... » dis-je au pilote. Il tenait la tête raide, face en avant, mais ses prunelles roulaient et il continuait de lever et d'abaisser ses pieds doucement tandis que sa bouche écumait un peu. — « Tiens-toi tranquille !... » lui criai-je furieusement. Autant ordonner à un arbre de ne pas bouger dans le vent ! Je me précipitai hors de la cabine. En dessous de moi, il y avait un grand bruit de pas sur le pont de fer, des exclamations confuses. Une voix se fit entendre : « Pouvez-vous virer ? » En même temps, je découvris une ride en forme de V sur la surface de l'eau, devant nous. Quoi, encore un tronc d'arbre !

Une fusillade éclata sous mes pieds. Les pèlerins avaient ouvert le feu avec leurs Winchester et faisaient gicler le plomb dans cette brousse. Un gros nuage de fumée monta et se répandit lentement sur le fleuve. Il m'arracha un juron. Impossible de distinguer désormais ni la ride ni l'épave. Je me tenais sur le pas de la porte, et les flèches s'abattaient par essaims. Elles étaient peut-être empoisonnées, mais à les voir, on ne les eut pas cru capables de faire du mal à un chat... La forêt à ce moment commença à hurler. Nos bûcherons à leur tour poussèrent une clameur de guerre, et la détonation d'un fusil tout juste derrière mon dos m'assourdit. Je jetai un coup d'œil par-dessus mon épaule et l'abri de pilote était encore plein de bruit et de fumée au moment où je m'élançai d'un bond sur la barre. Mon animal de nègre avait tout lâché pour ouvrir le volet et décharger le Martini-Henry. Il se tenait debout devant la large baie : l'air féroce, je lui criai de reculer tout en parant d'un coup de barre au crochet subit que le vapeur venait de faire. Il n'y avait pas assez de place pour tourner même s'il l'avait fallu : l'épave était quelque part devant nous, tout près, cachée par cette sacrée fumée ; il n'y avait guère de temps à perdre, aussi bien je piquai droit sur la rive où je savais que l'eau était profonde.

« Nous passâmes, lentement, au travers des broussailles retombantes, dans un tourbillon de ramures brisées et de feuilles qui volaient. La fusillade au-dessous de moi s'était arrêtée net, comme j'avais prévu qu'elle ferait aussitôt que les magasins seraient vides. A ce moment, je rejetai la tête en arrière pour éviter un trait sifflant qui traversa l'abri de pilote, passant par l'une des ouvertures, pour ressortir par l'autre. Par-dessus le barreur dément qui brandissait le fusil déchargé en hurlant vers la rive, j'aperçus de vagues formes humaines, qui couraient pliées en deux, bondissaient, glissaient, distinctes, incomplètes, fugitives. Puis quelque chose d'énorme apparut dans l'air, devant le volet ; le fusil fila par-dessus bord et l'homme, reculant vivement, jeta vers moi un regard de côté, extraordinaire, profond et familier, puis tomba à mes pieds. Du crâne, il heurta la roue deux fois et l'extrémité de ce qui avait air d'un long bâton s'abattit avec lui en culbutant une des chaises de camp. On eut dit qu'en arrachant cette chose des mains de quelqu'un sur la rive il avait perdu l'équilibre. La mince fumée s'était dissipée ; nous avions évité le tronc d'arbre et un regard jeté en avant me permit de constater qu'à une centaine de mètres plus loin, nous serions en mesure de nous écarter de la rive, mais l'impression de chaud et de mouillé que je sentais sur mes pieds me fit baisser la tête. L'homme avait roulé sur le dos et me regardait fixement : ses deux mains étaient crispées sur le bâton. C'était le bois d'une lance qui lancée ou poussée par la baie l'avait atteint au flanc, juste en-dessous des côtes ; le fer avait pénétré tout entier, après avoir fait une affreuse déchirure ; mes souliers étaient pleins de sang ; une mare s'étendait, tranquille, d'un sombre rouge luisant, sous la roue, et les yeux de l'homme brillaient d'un éclat surprenant. La fusillade reprit à nouveau. Il me considérait anxieusement, serrant la lance comme quelque chose de précieux, avec l'air de craindre que je n'essayasse de la lui enlever. Il me fallut faire un effort pour dégager mes yeux de son regard et m'occuper à nouveau de la barre. D'une main je cherchai à tâtons au-dessus de moi le cordon du sifflet à vapeur et lâchai coup sur coup précipitamment. Les vociférations furieuses et guerrières s'arrêtèrent à l'instant et des profondeurs de la forêt, s'éleva tremblant et prolongé, un gémissement d'épouvante et de consternation, pareil on s'imagine, à celui qui retentira sur cette terre quand le dernier espoir se sera évanoui. Il y eut une sorte de commotion sous bois, la pluie de flèches cessa, quelques traits trop courts vibrèrent encore, ensuite ce fut le silence, parmi lequel le battement languissant de notre roue d'arrière parvint à mon oreille. Je mettais la barre à bâbord toute quand le pèlerin en pyjama rose, très agité et suant, apparut au seuil de la porte. — « Le Directeur m'envoie... » commença-t-il d'un ton officiel, mais soudain il s'interrompit : « Ah, mon Dieu !... » fit-il, les yeux fixés sur l'homme blessé.

« Nous demeurâmes penchés au-dessus de lui et son regard interrogateur et brillant nous enveloppait. En vérité, j'eus l'impression qu'il allait nous poser une question dans une langue que nous ne comprendrions pas, mais il mourut sans proférer un son, sans remuer un membre, sans qu'en lui bougeât un muscle. Au dernier moment pourtant, comme répondant à un signe que nous ne pouvions voir, à un murmure que nous ne pouvions entendre, il fronça les sourcils âprement, et ce froncement prêta à son noir masque de mort une expression indiciblement sombre, pensive et menaçante. L'éclat du regard interrogateur bientôt ne fut plus que vide vitreux.

— « Savez-vous gouverner ? » demandai-je brusquement à l'agent. Il eut l'air d'en douter, mais je l'empoignai par le bras et il comprit sur-le-champ que j'entendais qu'il gouvernât bon gré, mal gré Pour dire la vérité, j'éprouvais une hâte maladive de changer de souliers et de chaussettes. — « Il est mort ! » murmura mon homme, fortement impressionné. — « Cela ne fait pas le moindre doute » répondis-je, en tirant furieusement sur les cordons de mes souliers. « Et, soit dit en passant, je pense bien que M. Kurtz est également mort à cette heure... »

« Pour le moment c'était ma pensée dominante.

Je ressentais un extrême désappointement, comme s'il m'était subitement apparu que je m'étais efforcé d'atteindre une chose dépourvue de toute réalité. Je n'aurais pas été plus écœuré si le voyage n'avait été entrepris que pour me permettre de causer avec M. Kurtz... Causer !... Je lançais l'un de mes souliers par-dessus bord et me rendis compte que c'était là tout justement ce que je m'étais promis : — une conversation avec M. Kurtz. Je fis l'étrange découverte que je ne me l'étais jamais représenté agissant, mais discourant. Je ne me dis pas : « Je ne le verrai pas » ou : « Je ne lui serrerai jamais la main », mais : « Je ne l'entendrai jamais ! » L'homme s'offrait à moi comme une voix. Ce n'est pas que je l'associasse à aucune espèce d'action. Ne m'avait-on pas répété, sur tous les tons de l'envie et de l'admiration qu'il avait à lui seul recueilli, troqué, extorqué ou volé plus d'ivoire que tous les autres agents réunis. Là n'était pas la question, mais qu'il s'agissait d'un homme doué, et qu'entre tous ses dons, celui qui passait les autres et imposait en quelque sorte l'impression d'une présence réelle, c'était son talent de parole, sa parole ! — ce don troublant et inspirateur de l'expression, le plus méprisable et le plus noble des dons, courant de lumière frémissant ou flux illusoire jailli du cœur d'impénétrables ténèbres.

« La seconde chaussure s'envola à son tour vers le démon du fleuve. Je songeais : Bon sang ! C'est fini ! Nous arrivons trop tard, il a disparu : le don a disparu par l'opération de quelque lance, flèche ou massue. Je ne l'entendrai jamais parler, après tout : et il y avait dans mon chagrin une étrange extravagance d'émotion comme celle que j'avais constatée dans le chagrin bruyant de ces sauvages dans la forêt. Ma désolation, ma solitude n'auraient pas été plus vives si l'on m'avait subitement enlevé une croyance ou si j'avais manqué ma destinée dans cette vie. Pourquoi soupirez-vous comme ça là-bas ?... Absurde ?... Va pour absurde !... Grand Dieu, un homme ne peut-il jamais... Suffit : passez-moi du tabac... »

Il y eut un moment de profonde tranquillité ; puis une allumette flamba, et la face maigre de Marlow apparut, fatiguée, creusée, avec ses plis tombants, les paupières baissées, un air d'attention concentrée, et tandis qu'il tirait vigoureusement sur sa pipe, il semblait émerger de la nuit ou s'y enfoncer selon le clignotement régulier de la courte flamme. L'allumette s'éteignit.

— « Absurde ! s'écria-t-il. C'est bien ce qui vous attend de pire quand on essaie de raconter... Tous, tous tant que vous êtes, vous êtes solidement accrochés dans l'existence à deux bonnes adresses, comme une vieille coque entre ses deux ancres, le boucher à un coin, le policeman à l'autre, un excellent appétit et la température normale : normale, vous m'entendez, d'un bout de l'année à l'autre... Et vous prononcez le mot absurde... Absurde ! Au diable votre Absurde !... Absurde ? Mes petits, qu'attendre de quelqu'un qui par pure nervosité vient de lancer par-dessus bord une paire de chaussures neuves ? Maintenant que j'y songe, il me paraît surprenant que je ne me sois pas mis à pleurer, et cependant, en règle générale, je me fais gloire de ma force de caractère... J'étais piqué au vif à l'idée d'avoir manqué l'inestimable privilège d'écouter l'habile M. Kurtz. Du reste, je faisais erreur. Le privilège m'attendait. Et j'en entendis plus que je ne voulais. Et j'avais raison aussi. Une voix ! Il n'était guère plus qu'une voix. Et je l'ai entendu, lui, elle, cette voix, d'autres voix, — tout semblait n'être que des voix, — et le souvenir même de cette époque persiste autour de moi comme la vibration frémissante d'un immense bavardage, stupide, atroce, misérable, féroce ou simplement mesquin, sans aucune espèce de sens... Des voix, des voix !... la jeune fille elle-même... maintenant... »

Il demeura longtemps silencieux.

— « J'ai étendu le fantôme de ses dons sous un mensonge, » reprit-il soudain. « La jeune fille ?... Ai-je parlé de cette fille ?... Oh, elle est en dehors de tout cela, complètement. Elles sont toujours — j'entends les femmes — en dehors de cela — ou du moins devraient l'être. Nous devons les aider à demeurer dans ce monde admirable qui leur est propre — de peur que le nôtre ne devienne pire... Elle ne pouvait qu'être en dehors de cela... Vous auriez dû entendre la carcasse déterrée de M. Kurtz parler de « Ma Fiancée ». Vous auriez compris à l'instant jusqu'à quel point elle était étrangère à tout cela... Et cet immense os frontal de M. Kurtz !... On dit que le poil parfois continue de pousser ; mais la calvitie de ce... de ce spécimen était impressionnante. La sauvagerie l'avait caressé sur la tête, et celle-ci était devenue pareille à une boule, à une boule d'ivoire... Elle l'avait caressé, et il s'était flétri ; elle l'avait saisi, aimé, étreint, elle s'était glissée dans ses veines, elle avait consumé sa chair et avait scellé son âme à la sienne par les indicibles sacrements de je ne sais quelle initiation diabolique. Il était son favori, choyé et chéri... De l'ivoire ! Ah, je pense bien... Des tas, des montagnes d'ivoire... La vieille baraque de glaise en éclatait !... On eût juré qu'il ne restait plus une seule défense dans le pays, ni sur le sol ni en-dessous... — Pour la plus grande partie fossile, — avait déclaré le Directeur d'un ton de dénigrement. Il n'était pas plus fossile que moi, mais on l'appelle fossile quand il a été déterré. Il paraît que ces nègres enfouissent parfois leurs défenses ; mais apparemment ils ne les avaient pas enterrées assez profondément pour épargner à l'habile M. Kurtz sa destinée. Nous en remplîmes le vapeur et il fallut en outre en empiler un tas sur le pont. Tant qu'il lui fut donné de voir il put ainsi contempler et se congratuler, car le sentiment de sa fortune persista en lui jusqu'à la fin. Il vous eût fallu l'entendre dire : « Mon Ivoire ». Oh oui ! je l'ai entendu. Ma Fiancée, mon ivoire, ma station, mon fleuve, mon... — tout en fait était à lui. J'en retenais ma respiration, comme si je m'étais attendu à ce que la sauvagerie éclatât d'un rire prodigieux qui eût secoué sur leur axe les étoiles immobiles. Tout lui appartenait, — mais ce n'était là qu'un détail. L'important, c'était de démêler à qui il appartenait, lui ; combien de puissances ténébreuses étaient en droit de le réclamer. Ce genre de réflexions vous faisait froid dans le dos. Quant à deviner, c'était impossible et du reste malsain. Il avait occupé une place si élevée parmi les démons de ce pays, — et je l'entends au sens littéral. Vous ne pouvez pas comprendre... Et comment comprendriez-vous, vous qui sentez le pavé solide sous vos pieds, entourés que vous êtes de voisins obligeants prêts à vous applaudir ou à vous tomber dessus, vous qui cheminez délicatement entre le boucher et le policeman, dans la sainte terreur du scandale, des galères et de l'asile d'aliénés ; comment imagineriez-vous cette région des premiers âges où ses pas désentravés peuvent entraîner un homme, à la faveur de la solitude absolue, de la solitude, sans policeman !..., à force de silence, de ce silence total où le murmure d'aucun voisin bien intentionné ne se fait l'écho de ce que les autres pensent de vous... C'est de ces petites choses-là qu'est faite la grande différence... Qu'elles disparaissent et vous aurez à faire fond sur votre propre vertu, sur votre propre aptitude à la fidélité. Bien entendu, vous pouvez être trop sot pour risquer d'être dévoyé, trop borné même pour soupçonner que vous êtes assailli par les puissances des ténèbres. Je tiens que jamais imbécile n'a vendu son âme au diable ; l'imbécile est trop imbécile où le diable trop diable, je ne sais lequel. Ou encore, vous pouvez être une créature éblouie d'exaltation au point d'en demeurer aveugle et sourd à tout ce qui n'est pas visions ou harmonies célestes. La terre dès lors n'est plus pour vous qu'un endroit de passage, et qu'à ce compte, il y ait perte ou gain, je n'ai pas la prétention d'en décider... La plupart d'entre nous cependant ne sont ni de ceux-ci ni de ceux-là... Pour nous, la terre est un endroit où il nous faut vivre, nous accommoder de visions, d'harmonies et d'odeurs aussi, parbleu !... — respirer de l'hippopotame crevé et n'en pas être empoisonné !... Et c'est là que la force personnelle entre en jeu. La confiance où vous êtes d'arriver à creuser des fosses pas trop voyantes où enfouir des choses..., — votre faculté de dévouement, non pas à vous-même, mais à quelque obscure et exténuante besogne... Et c'est assez malaisé. Notez que je n'essaie ni d'excuser, ni d'expliquer ; je tente seulement de me rendre compte pour... pour M. Kurtz, pour l'ombre de M. Kurtz. Ce fantôme initié, surgi du fond du Néant, m'honora d'une confiance surprenante avant de se dissiper définitivement. Tout simplement parce qu'il pouvait parler anglais avec moi. Le Kurtz en chair et en os avait reçu une partie de son éducation en Angleterre, et — comme il eut la bonté de me le dire, — ses sympathies restaient fixées au bon endroit. Sa mère était à demi-Anglaise, son père, à demi-Français... Toute l'Europe avait collaboré à la confection de Kurtz, et je ne tardai pas à apprendre qu'avec beaucoup d'à-propos, la Société Internationale pour la Suppression des Coutumes Barbares l'avait chargé de faire un rapport destiné à l'édification de cette Compagnie. Et il l'avait écrit, ce rapport ! Je l'ai vu. Je l'ai lu. C'était éloquent, vibrant d'éloquence, mais je le crains, un peu trop sublime. Il avait trouvé le temps d'y aller de dix-sept pages d'écriture serrée. Mais sans doute était-ce avant que sa... — mettons avant que ses nerfs se fussent détraqués et l'eussent amené à présider certaines danses nocturnes, se terminant sur je ne sais quels rites innommables dont ce que j'appris çà et là me fit conclure bien malgré moi que c'était lui — lui, M. Kurtz — entendez-vous, qui en était l'objet. Ah ! c'était un fameux morceau, ce apport. Le paragraphe de début, pourtant, à la lumière d'informations ultérieures, m'apparaît à présent terriblement significatif. Il commençait par déclarer que, nous autres blancs, au point de développement où nous sommes parvenus, « nous devons nécessairement leur apparaître (aux sauvages) sous la figure d'êtres surnaturels, — nous les approchons avec l'appareil d'une force quasi divine, » et ainsi de suite. « Par le seul exercice de notre volonté, nous pouvons mettre au service du bien une puissance presque illimitée, etc., etc. ». C'est de là que, prenant son essor, il m'entraîna à sa suite. La péroraison était magnifique, bien qu'assez malaisée à retenir. Elle me donna l'impression d'une exotique Immensité régie par une auguste Bienveillance. Elle me transporta d'enthousiasme. J'y retrouvais le prestige sans limite de l'éloquence, des mots, de nobles mots enflammés. Aucune suggestion pratique qui rompît le magique courant des phrases, à moins qu'une sorte de note, au bas de la dernière page, griffonnée évidemment bien plus tard et d'une main mal assurée, ne dût être considérée comme l'énoncé d'une méthode. Elle était fort simple et terminant cet émouvant appel à tous les sentiments altruistes, elle éclatait, lumineuse et terrifiante, comme le trait d'un éclair dans un ciel serein : « Exterminer toutes ces brutes ». Le plus curieux, c'est qu'il avait apparemment perdu de vue ce remarquable post-scriptum, attendu que plus tard, lorsqu'il revint en quelque sorte à lui, il me pria à plusieurs reprises de prendre soin de son « opuscule » (c'est ainsi qu'il l'appelait) tant il était assuré qu'il aurait une heureuse influence sur sa carrière. J'eus des renseignements complets sur toutes ces choses ; en outre il advint que c'est moi qui eus à prendre soin de sa mémoire. Ce que j'ai fait pour elle me donnerait le droit indiscutable de la vouer, si tel était mon bon plaisir, à l'éternel repos du seau à ordures du progrès, parmi toutes les balayures et — je parle au figuré — tous les chiens crevés de la civilisation. Mais, voyez-vous, je n'ai pas le choix. Il ne veut pas se laisser oublier. Quoi qu'il eût été, il n'était pas banal. Il avait le don de charmer ou d'épouvanter à ce point des âmes rudimentaires, qu'elles se lançaient en son honneur dans je ne sais quelles danses ensorcelées : il avait le don aussi de remplir les petites âmes des pèlerins d'amères méfiances ; il avait un ami du moins et il avait fait la conquête d'une âme qui n'était ni corrompue ni entachée d'égoïsme. Non, je ne puis l'oublier, bien que je n'aille pas jusqu'à affirmer qu'il valût la vie de l'homme que nous perdîmes en allant le chercher. Mon timonier me manqua terriblement. Il commença à me manquer alors que son corps était encore étendu dans l'abri de pilote. Peut-être trouverez-vous passablement inattendu ce regret pour un sauvage qui ne comptait guère plus qu'un grain de sable dans un noir Sahara. Mais, voyez-vous, il avait servi à quelque chose ; il avait gouverné : pendant des mois, je l'avais eu derrière moi, comme une aide, un instrument. Cela avait créé une sorte d'association. Il gouvernait pour moi : il me fallait le surveiller. Je m'irritais de son insuffisance et ainsi un pacte subtil s'était formé dont je ne m'aperçus qu'au moment où il fut brusquement rompu. Et l'intime profondeur de ce regard qu'il me jeta, en recevant sa blessure, est demeurée jusqu'à ce jour dans ma mémoire, comme si, à l'instant suprême, il eût voulu attester notre distante parenté.

« Pauvre diable ! Que n'avait-il laissé ce volet en paix ! Mais il n'avait aucune retenue, aucun contrôle de soi-même — pas plus que Kurtz ! Il était l'arbre balancé par le vent... Aussitôt que j'eus enfilé une paire de pantoufles sèches, je le tirai hors de la cabine, après avoir arraché la lance de son côté : opération que, — je l'avoue, — j'accomplis les yeux fermés. Ses talons sautèrent sur le pas de la porte ; ses épaules pesaient sur ma poitrine, je le tirais à reculons avec une énergie désespérée. Ce qu'il était lourd ! lourd ! Il me paraissait plus lourd qu'aucun homme ne l'avait jamais été !... Ensuite, sans autre cérémonie, je le fis basculer par-dessus bord. Le courant le saisit comme s'il n'eut été qu'une simple touffe d'herbes, et je vis le corps rouler deux fois sur lui-même avant de disparaître pour toujours. Tous les pèlerins à ce moment et le Directeur étaient rassemblés sur l'avant-pont, autour de l'abri du pilote, jacassant entre eux comme une bande de pies excitées, et ma diligence impitoyable souleva un murmure scandalisé. J'avoue que je ne vois pas pourquoi ils tenaient à conserver ce cadavre. Pour l'embaumer peut-être ! Sur l'entrepont, cependant, un autre murmure avait couru, fort significatif. Mes amis, les coupeurs de bois, étaient tout aussi scandalisés et avec plus d'apparence de raison, bien que je n'hésite pas à reconnaître que leur raison n'était guère admissible. Aucun doute là-dessus ! Mais j'avais décidé que si mon timonier devait être mangé, ce seraient les poissons seuls qui l'auraient. Durant sa vie il n'avait été qu'un pilote médiocre, maintenant qu'il était mort, il risquait de devenir une tentation sérieuse et, qui sait, de déchaîner peut-être quelque saisissant incident. Au surplus, j'avais hâte de reprendre la barre, car l'homme en pyjama rose se révélait lamentablement en-dessous de sa tâche.

« C'est ce que je m'empressai de faire dès que ces funérailles furent terminées. Nous marchions à vitesse réduite en tenant le milieu du courant, et je prêtais l'oreille au bavardage autour de moi. Ils tenaient Kurtz pour perdu et la station aussi : Kurtz était mort, la station probablement brûlée et ainsi de suite. Le pèlerin à cheveux rouges s'exaltait à la pensée que ce pauvre Kurtz du moins avait été dignement vengé. — « Hein ! nous avons dû en faire un fameux massacre dans le bois. » Il en dansait littéralement, le sanguinaire petit misérable !... Et il s'était presque évanoui à l'aspect de l'homme blessé !... Je ne pus m'empêcher de dire : « Vous avez certainement fait pas mal de fumée !... » Je m'étais aperçu, à la façon dont la cime des taillis remuait et volait que presque tous les coups avaient porté trop haut. Le moyen d'atteindre quoi que ce soit si vous ne visez ni épaulez, et ces gaillards-là tiraient l'arme à la hanche et les yeux fermés. La débandade, déclarai-je, et j'avais raison, était due uniquement au bruit strident du sifflet à vapeur. Sur quoi ils oublièrent Kurtz pour m'accabler de protestations indignées.

« Comme, debout près de la barre, le Directeur murmurait je ne sais quoi, à voix basse, touchant la nécessité de redescendre un bon bout du fleuve avant le coucher du soleil, par précaution, j'aperçus de loin un endroit défriché sur la rive et la silhouette d'une espèce de bâtiment. — « Qu'est-ce que c'est que ça ? » demandai-je. De surprise, il se frappa les mains l'une contre l'autre. — La station ! cria-t-il. Je piquai dessus, tout aussitôt, sans augmenter la vitesse.

« Au travers de mes jumelles. je découvrais le penchant d'une colline, garnie d'arbres espacés et dégagée de toute broussaille. Un long bâtiment délabré apparaissait au sommet, à demi enfoui sous les hautes herbes ; de grands trous, dans la toiture cônique, béaient tout noirs ; la brousse et la forêt formaient l'arrière-plan. Il n'y avait ni clôture ni palissade d'aucune sorte, mais sans doute en avait-il existé une autrefois, car près de la maison, une demi-douzaine de minces poteaux demeuraient alignés, grossièrement équarris et ornés à l'extrémité de boules sculptées. Les barreaux ou ce qui avait dû les réunir, avaient disparu. Bien entendu, la forêt entourait le tout, mais la berge était dégagée et au bord de l'eau j'aperçus un blanc, sous un chapeau pareil à une roue de voiture, qui nous faisait signe avec persistance de toute la longueur de ses bras. En examinant la lisière de la forêt, j'eus la quasi-certitude d'y discerner des mouvements ; des formes humaines glissant çà et là. Prudemment je dépassai l'endroit, ensuite je stoppai les machines et me laissai dériver. L'homme blanc sur la rive se mit à nous héler et à nous presser de descendre. — « Nous avons été attaqués, » cria le Directeur. — « Je sais, je sais, tout va bien ! » hurla l'autre du ton le plus jovial. « Débarquez ! Tout va bien !... Je suis heureux !... »

« Son aspect me rappelait quelque chose, quelque chose d'étrange que j'avais déjà vu quelque part. Tout en manœuvrant pour accoster, je me demandais : à quoi donc ressemble-t-il ? Et tout à coup je compris. Il avait l'air d'un arlequin... Ses vêtements étaient faits de ce qui sans doute avait été autrefois de la toile brune, mais ils étaient entièrement couverts de pièces éclatantes, bleues, rouges, jaunes, — pièces dans le dos, sur le devant, sur les coudes, aux genoux ; ganse de couleur au veston, ourlet écarlate au fond de son pantalon ; et le soleil le faisait paraître extraordinairement gai et propre en même temps, parce qu'on pouvait voir avec quel soin ce rapiéçage avait été fait. La face imberbe et enfantine, très blond, pas de traits pour ainsi dire, un nez qui pelait, de petits yeux bleus, force sourires et froncements qui se succédaient sur cette physionomie ouverte, comme l'ombre et la lumière sur une plaine balayée par le vent. « Attention, capitaine ! » cria-t-il. « Il y a un tronc d'arbre qui s'est logé ici la nuit dernière... » — « Quoi, encore un !... » J'avoue que je lâchai un scandaleux juron. Peu s'en fallut que je n'éventrasse mon raffiau pour finir cette charmante excursion. L'arlequin sur la rive leva vers moi son petit nez camus : « Anglais, fit-il, tout illuminé d'un sourire. — Et vous ? » hurlai-je de la barre. Le sourire s'éteignit et il hocha la tête, comme pour s'excuser d'avoir à me désappointer. Mais il s'éclaira à nouveau . « Peu importe ! » continua-t-il d'un ton d'encouragement. Je demandai : « Arrivons-nous à temps ?... » — « Il est là-haut, » répondit-il avec un geste de la tête vers le sommet de la colline, et il s'assombrit subitement. Son visage était pareil au ciel d'automne, tantôt couvert et tantôt éclatant.

« Quand le Directeur, escorté des pèlerins, tous armés jusqu'aux dents, eut pénétré dans l'habitation, le gaillard monta à bord. « Dites donc, ça ne me plaît guère. Les indigènes sont dans la brousse, » fis-je... Il m'assura sérieusement que tout allait bien. — « Ce sont des âmes simples, ajouta-t-il. Je suis content tout de même que vous soyez arrivés... Il me fallait passer mon temps à les tenir à distance... — Mais vous venez de me dire que tout allait bien !... » m'écriai-je. — « Oh ! ils n'avaient pas de mauvaises intentions, » et sous mon regard, il se reprit : « Pas de mauvaises intentions à proprement parler... » Ensuite avec vivacité : « Ma foi, votre abri de pilote a besoin d'un nettoyage !... » Et sans reprendre haleine, il me conseilla de garder assez de vapeur pour faire marcher le sifflet en cas d'alerte : « Un bon coup de sifflet fera plus d'effet que tous vos fusils !... Ce sont des âmes simples !... » répéta-t-il. Il s'exprimait avec tant de volubilité que j'en étais étourdi. Il semblait vouloir rattraper tout un arriéré de longs silences et, effectivement, il convint en riant que tel était bien son cas. « Ne parlez-vous donc pas avec M. Kurtz ? demandai-je. — Oh, on ne parle pas avec un homme comme lui, on l'écoute... », s'écria-t-il avec une sévère exaltation. — « Mais maintenant... » — Il agita le bras et en un instant se trouva enfoncé dans l'abîme du découragement. D'un bond toutefois il en émergea, prit possession de mes deux mains et les serra sans arrêter, tout en bredouillant : « Collègue, marin... Honneur... plaisir... délice... me présente moi-même... Russe... fils d'un archiprêtre... Gouvernement de Tambov... Quoi ! du tabac ?... Du tabac anglais ; cet excellent tabac anglais !... Ah, cela, c'est d'un frère... si je fume ?... Quel est le marin qui ne fume pas... »

« La pipe lui rendit quelque calme, et peu à peu je démêlai que s'étant échappé du collège, il s'était embarqué sur un navire russe, s'était enfui à nouveau et avait servi pendant quelque temps sur des navires anglais ; qu'il était maintenant réconcilié avec l'archiprêtre... Il insistait sur ce point. — « Mais quand on est jeune, on doit voir du pays, acquérir de l'expérience, des idées, élargir son intelligence... » « Même ici !... » fis-je en l'interrompant. — « Sait-on jamais !... C'est ici que j'ai rencontré M. Kurtz... » me répondit-il d'un ton de reproche et d'enfantine solennité. Je tins ma langue désormais. Il paraît qu'il avait amené une maison de commerce hollandaise de la côte à lui confier des provisions, des marchandises et qu'il s'était enfoncé dans l'intérieur d'un cœur léger, sans plus se soucier qu'un enfant de ce qui pouvait lui arriver. Il avait erré sur le fleuve pendant près de deux ans, seul, séparé de tout le monde et de toutes choses. — « Je ne suis pas aussi jeune que j'en ai l'air. J'ai vingt-cinq ans, m'expliqua-t-il. D'abord, le vieux Van Shuyten essaya de m'envoyer au diable, contait-il avec un sensible amusement, mais je m'obstinai et parlai, parlai tant et si bien qu'à la fin il eut peur que son chien favori n'en fît une maladie, de sorte qu'il me donna une pacotille et quelques fusils en me disant qu'il espérait bien ne plus me revoir. Brave vieux Hollandais, ce Van Shuyten !... Je lui ai expédié un petit lot d'ivoire il y a un an, ainsi il ne pourra me traiter de filou lorsque je rentrerai. J'espère qu'il l'a reçu... Pour le reste, je m'en fiche... J'avais préparé un tas de bois pour vous... C'était mon ancienne maison. L'avez-vous vu ?... »

Je lui tendis le livre de Towson. Il faillit se jeter à mon cou, mais se retint. — « Le seul livre qui me restât et je pensais l'avoir perdu, fit-il en le considérant avec extase. Il y a tant d'accidents qui vous guettent quand on circule ici seul... Les canots parfois chavirent, et parfois aussi, il faut décamper si vite, quand les gens se fâchent... » Il feuilletait les pages. — « Vous y avez fait des annotations en russe », dis-je. Il fit oui de la tête. « J'avais cru qu'elles étaient rédigées en chiffre... » — Il se mit à rire puis, avec sérieux : « J'ai eu beaucoup de peine à tenir ces gens-là à distance... » — « Est-ce qu'ils voulaient vous tuer ?... » demandai-je. —

« Oh, non ! » fit-il et il s'interrompit aussitôt. — « Pourquoi vous ont-ils attaqués ?... » continuai-je. Il hésita ; puis avec une sorte de pudeur : « Ils ne veulent pas qu'il s'en aille !... » fit-il. — « Pas possible », m'écriai-je étonné. Il eut un nouveau hochement de tête plein de mystère et de sagesse. — « Je vous le dis, reprit-il, cet homme a élargi mon esprit. » Et il ouvrit les bras, tout grand, en me regardant de ses petits yeux bleus, qui étaient parfaitement ronds.

III

« Je le considérai à mon tour, confondu d'étonnement. Il était là devant moi, en habit bariolé, comme s'il venait de s'échapper d'une troupe de baladins, enthousiaste et fabuleux. Le fait seul de son existence était invraisemblable, inexplicable, complètement déconcertant. Il était un de ces problèmes qu'on ne résoud pas. Impossible d'imaginer comment il avait vécu, comment il avait pu parvenir si loin, comment il s'était arrangé pour y rester — pourquoi il n'avait pas disparu incontinent. — « J'ai poussé un peu plus avant, disait-il, et puis encore un peu plus, jusqu'au moment où je me suis trouvé être allé si loin que je ne vois trop comment j'arriverai jamais à revenir sur mes pas... Tant pis !... J'ai le temps. Je sais me débrouiller... Mais emmenez vite Kurtz — vite, je vous le dis !... » — L'enchantement de la jeunesse enveloppait ses haillons bigarrés, son dénuement, sa solitude, la profonde désolation de ce stérile vagabondage. Pendant des mois — des années ! — sa vie n'avait tenu qu'à un cheveu, et il était là vivant, bravement, étourdiment vivant et selon toute apparence indestructible, par la seule vertu de ses jeunes années et de son audace irréfléchie. Je me prenais à le considérer avec quelque chose comme de l'admiration, voire de l'envie. Un enchantement l'entraînait ; un autre enchantement le protégeait. Il n'attendait assurément rien de la sauvagerie que des espaces où respirer, des étendues où s'enfoncer. Son unique besoin était d'exister et de circuler en courant le plus de risques possibles, avec le maximum de privations. Si jamais l'esprit d'aventure, absolument pur, désintéressé et chimérique posséda un homme, c'était bien cet adolescent tout rapiécé. Je lui enviai presque la possession de cette claire et modeste flamme. Elle semblait avoir si bien consumé en lui toute pensée personnelle que même durant qu'il vous parlait, on oubliait que c'était à lui — cet homme-là, présent, devant vous — que toutes ces choses étaient arrivées. Je ne lui enviai pas toutefois sa dévotion pour Kurtz. Il n'avait pas délibéré sur ce point. Elle était venue à lui, et il l'avait acceptée avec une sorte d'ardent fatalisme. Je dois ajouter qu'à mes yeux, de toutes les choses qu'il avait rencontrées, celle-là était bien la plus dangereuse.

« Ils s'étaient accointés forcément, comme deux vaisseaux en panne se rapprochent et finissent par frotter leurs coques l'une contre l'autre... J'imagine que Kurtz éprouvait le besoin d'un auditoire, attendu qu'une fois, tandis qu'ils étaient campés dans la forêt, ils avaient passé toute la nuit à parler, — ou plus vraisemblablement, c'était Kurtz qui avait parlé... — « Nous avons parlé de tout, me dit-il, encore transporté à ce souvenir. J'en avais oublié la notion même du sommeil. Cette nuit ne me parut pas durer plus d'une heure... — De tout, de tout !... Et même d'amour... » « Il vous parlait d'amour », fis-je fort surpris. — Il eut un cri presque passionné. — « Oh, ce n'était pas ce que vous pensez !... Il parlait d'une manière générale... Il m'a fait comprendre des choses, bien des choses !... »

« Il leva les bras. Nous étions sur le pont à ce moment et le chef de mes coupeurs de bois, étendu non loin, tourna vers lui son regard lourd et brillant. Je jetai les yeux autour de moi, et je ne sais pourquoi, mais je vous assure que jamais cette terre, ce fleuve, cette brousse, l'arc même de ce ciel enflammé ne m'apparurent plus sombres et plus désespérés, plus impénétrables à tout sentiment, plus impitoyables à toute faiblesse humaine. — « Et depuis lors, fis-je, vous êtes demeuré avec lui, naturellement ?... »

« Point du tout. Il paraît que leurs relations avaient été très intermittentes pour diverses raisons. Il lui était arrivé, ainsi qu'il me l'apprit avec orgueil, de soigner Kurtz durant deux maladies de celui-ci (et il parlait de cela comme on ferait d'un exploit plein de risques...) mais, généralement, Kurtz errait seul dans les profondeurs de la forêt. « Souvent, quand je me rendais à cette station, il m'a fallu passer des jours et des jours à attendre qu'il revînt », dit-il, « et cela valait la peine d'attendre, parfois !... » — « Que faisait-il ?... De l'exploration... », demandai-je. — « Bien sûr !... » Il avait découvert des tas de villages et même un lac. Mon homme ne savait pas exactement dans quelle direction, car il était dangereux de poser trop de questions, mais la plupart des expéditions de Kurtz pourtant avaient l'ivoire pour objet. — « Toutefois, objectai-je, il ne devait plus avoir de marchandises à troquer. » Il détourna les yeux : « Oh, même à l'heure actuelle, il reste pas mal de cartouches !... » — « Appelons les choses par leur nom, fis-je. Il razziait simplement le pays ?... » Il fit oui de la tête. — « Il n'était pas seul sûrement... » Il bredouilla quelque chose au sujet des villages autour de ce lac. — « Kurtz, n'est-ce pas, suggérai-je, se faisait suivre par la tribu... » Il témoigna quelque embarras. — « Ils l'adoraient, » fit-il. Le ton de ces paroles était si extraordinaire que je le considérai avec attention. La répugnance qu il éprouvait à parler de Kurtz se mêlait curieusement en lui au besoin de raconter. L'homme remplissait sa vie, occupait toutes ses pensées, commandait ses émotions : « Que voulez-vous ! » éclata-t-il. « Il est arrivé ici avec l'éclair et le tonnerre à la main : jamais ces gens n'avaient rien vu de pareil, ni d'aussi terrible. Car il pouvait être terrible !... Impossible de juger M. Kurtz comme on ferait d'un homme quelconque. Non, mille fois non !... Tenez — rien que pour vous donner une idée, un jour, je n'hésite pas à vous le dire, il a voulu me tirer dessus... mais je ne le juge pas !... » — « Tirer sur vous, m'écriai-je. Et pourquoi ?... » — « Oh, j'avais un petit lot d'ivoire que m'avait donné le chef du village, près de ma maison. J'avais l'habitude, voyez-vous, de tirer du gibier pour eux. Eh bien, il a prétendu l'avoir et rien ne l'en a fait démordre. Il a déclaré qu'il me fusillerait à moins que je ne lui donnasse l'ivoire et que je ne déguerpisse ensuite, attendu qu'il en avait le pouvoir et l'envie par surcroît, et qu'il n'y avait rien au monde qui pût l'empêcher de tuer qui bon lui semblait. Et c'était vrai... Je lui donnai l'ivoire. Cela m'était bien égal. Mais je ne déguerpis pas. Non, je n'aurais pu le quitter... Il me fallût être prudent, bien entendu jusqu'au moment où nous fûmes amis de nouveau, pour un temps. C'est alors qu'il eut sa seconde maladie. Ensuite, j'eus à me tenir à l'écart, mais je ne lui en voulais pas. Il passait la plus grande partie de son temps dans ces villages sur le lac. Quand il regagnait le fleuve, parfois il s'attachait à moi ;

parfois aussi, il valait mieux pour moi garder mes distances. Cet homme souffrait trop. Il détestait toutes choses ici, et pour je ne sais quelle raison, il ne pouvait s'en détacher. Quand j'en eus l'occasion, je le suppliai encore de s'en aller, alors qu'il en était temps encore. Je lui offris de rentrer avec lui. Il acceptait et n'en demeurait pas moins ici. Il partait pour une autre chasse à l'ivoire, disparaissait pendant des semaines, s'oubliait parmi ces gens — oui, s'oubliait lui-même, comprenez-vous !... » — « Quoi, il est fou ! » fis-je. Il protesta avec indignation. M. Kurtz ne pouvait être fou. Si je l'avais entendu parler, il y a deux jours seulement, je n'aurais osé risquer une telle supposition... J'avais pris mes jumelles tandis qu'il parlait, et j'inspectais la rive, fouillant des yeux la lisière de la forêt de chaque côté de la maison et derrière celle-ci. Le sentiment qu'il y avait des yeux dans cette brousse — si silencieuse, si tranquille, aussi silencieuse et tranquille que la maison en ruines, sur le sommet de la colline — me mettait mal à l'aise. Pas la moindre trace sur la face des choses de l'extraordinaire histoire qui m'était moins contée que suggérée par ces exclamations désolées, ces haussements d'épaules, ces phrases interrompues, ces allusions finissant sur de profonds soupirs. La forêt demeurait impassible, comme un masque ; épaisse comme la porte close d'une prison, elle regardait d'un air de sagesse secrète, de patiente attente, d'inaccessible silence. Le Russe m'expliquait que Kurtz n'avait regagné le fleuve que depuis peu, ramenant avec lui tous les guerriers de cette tribu lacustre. Il était resté absent pendant plusieurs mois, — à se faire adorer, je suppose !... — et était rentré à l'improviste, méditant selon toute apparence quelque raid de l'autre côté du fleuve ou en aval. Évidemment le désir d'avoir un peu plus d'ivoire l'avait emporté sur — comment dirai-je !... — sur de moins matérielles aspirations... Cependant son état de santé avait empiré brusquement. — « J'appris qu'il était couché, privé de tous soins : aussi j'accourus et risquai le coup..., dit le Russe. « Oh, il est bas, il est très bas !... » Je dirigeai la lorgnette vers la maison. Aucun signe de vie : je n'apercevais que le toit croulant, la longue muraille de boue au-dessus des hautes herbes, avec trois trous en guise de fenêtres et dont aucun n'était pareil à son voisin ; tout m'apparaissait comme à portée de main, eût-on dit. Et tout à coup un geste m'échappa, et l'un des derniers poteaux qui subsistassent de la clôture évanouie disparut subitement du champ de ma vision. J'avais été frappé de loin, vous vous en souvenez, par certains essais de décoration que rendait d'autant plus remarquable l'état de délabrement du lieu. Il venait de m'être donné de les considérer de plus près et l'effet immédiat avait été de me faire rejeter la tête en arrière, comme pour éviter un coup ! L'un après l'autre, j'examinai soigneusement chacun des poteaux avec mes jumelles, et mon erreur m'apparut. Ces boules rondes étaient non pas ornementales, mais symboliques · elles étaient, expressives et déconcertantes à la fois, saisissantes et troublantes, nourriture pour la pensée, pour les vautours aussi, s'il y en avait planant dans le ciel, nourriture en tout cas pour les fourmis assez avisées pour grimper aux montants. Elles auraient été plus impressionnantes encore, ces têtes fichées sur des pieux, si le visage n'en avait été tourné du côté de la maison. Une seule, la première que j'eusse remarquée, me faisait face. Je ne fus pas aussi écœuré que vous pouvez croire. Le recul que j'avais eu n'était en réalité qu'un mouvement de surprise. Je m'étais attendu somme toute à trouver là une boule de bois. Délibérément, je ramenai mon regard vers la première qui m'était apparue, : noire, sèche et recroquevillée, la tête aux paupières closes était toujours là, comme endormie au bout de son pieu, et même, avec ses minces lèvres retroussées, laissant voir l'étroite ligne blanche des dents, elle avait l'air de sourire, d'un sourire perpétuel, au rêve hilare et sans fin de l'éternel sommeil.

« Je ne divulgue aucun secret commercial. En fait, le Directeur me dit plus tard que les méthodes de M. Kurtz avaient ruiné le district. Je n'ai point d'opinion sur ce point, mais je tiens à marquer clairement qu'il n'y avait rien d'avantageux dan la présence de ces têtes. Elles témoignaient simplement que M. Kurtz était dénué de retenu dans la satisfaction de ses divers appétits, que quelque chose lui manquait, une pauvre petite chose qui, lorsque le besoin s'en faisait sentir, se cherchait en vain parmi tant de magnifique éloquence. Qu'il se rendît compte de cette lacune, je ne saurais le dire. Je crois qu'il en eut le sentiment vers la fin, presque à son dernier moment. La sauvagerie, elle, n'avait guère tardé à le percer à jour et s'était terriblement revanchée de la fantastique invasion. Il m'apparaît qu'elle lui avait chuchoté à l'oreille certaines choses sur lui-même qu'il ignorait, dont il n'avait pas le moindre soupçon, avant d'avoir pris conseil de la grande solitude — et le chuchotement s'était révélé irrésistiblement fascinateur. L'écho avait été d'autant plus profond en M. Kurtz qu'il était creux à l'intérieur... J'abaissai la lorgnette, et la tête qui m'était apparue si proche que j'aurais pu, pour ainsi dire, lui adresser la parole, disparut loin de moi dans l'inaccessible distance.

« L'admirateur de M. Kurtz était un peu penaud. D'une voix rapide et indistincte, il m'assura qu'il n'avait pas osé enlever ces... ces... — disons, ces symboles... Ce n'est pas qu'il eût peur des indigènes : ils n'auraient pas bougé, à moins que M. Kurtz ne leur fît signe. Son ascendant sur eux était extraordinaire. Le campement de ces gens entourait toute la station et chaque jour, les chefs venaient le voir. Ils s'avançaient en rampant... « Je ne tiens pas à savoir quoi que ce soit du cérémonial usité pour approcher M. Kurtz !... » criai-je. Curieux, j'eus l'impression que ces détails seraient moins supportables que la vue des têtes qui séchaient sur des pieux en face des fenêtres de M. Kurtz... Après tout, ce n'était là qu'un spectacle barbare, et dans cette obscure région de subtiles horreurs, où d'un bond j'avais été transporté, la simple sauvagerie, affranchie de toute complication, apportait du moins le réconfort réel d'une chose qui avait le droit d'exister — notoirement à la lumière du jour. Le jeune homme me regarda avec surprise. J'imagine qu'il ne lui était pas venu à l'esprit que M. Kurtz n'était pas une idole pour moi. Il oubliait que je n'avais entendu aucun de ses splendides monologues... sur quoi donc !... ah, oui ! sur l'amour, la justice, la conduite de la vie, que sais-je encore... S'il fallait ramper devant M. Kurtz, il rampait comme le plus sauvage d'entre ces sauvages. Je ne me rendais pas compte des circonstances, fit-il. Ces têtes étaient celles de rebelles. Je le surpris considérablement en me mettant à rire. Rebelles ! Quelle était la prochaine qualification que j'allais entendre ? Il y avait déjà eu ennemis, criminels, ouvriers ; ceux-ci étaient des rebelles. Ces têtes rebelles pourtant avaient un air bien soumis au bout de leur bâton. — « Vous ne soupçonnez pas à quel point une telle existence met à l'épreuve un homme comme M. Kurtz !... », s'écria le dernier disciple de M. Kurtz. — « Eh bien, et vous ?... » fis-je. — « Moi ! Oh, moi, je ne suis qu'un pauvre diable !... Je n'ai point d'idées... Je n'attends rien de personne... Comment pouvez-vous me comparer à... » L'excès de son émotion l'empêchait de parler ; il s'arrêta court. « Je ne comprends pas, gémit-il. J'ai fait de mon mieux pour le garder en vie et cela me suffit. Je n'ai pas eu de part dans tout cela... Je suis une âme simple... Depuis des mois, ici, il n'y a pas eu le moindre médicament, pas une bouchée de quoi que ce soit à donner à un malade... Il a été honteusement abandonné... Un homme comme lui et avec de telles idées... Honteux, oui, c'est honteux... Et je... je n'ai pas fermé l'œil ces dix dernières nuits !... »

« Sa voix se perdit dans le calme du soir. Les ombres allongées de la forêt avaient glissé jusqu'au bas de la colline, tandis que nous parlions, dépassant la baraque croulante et la rangée symbolique de poteaux. La pénombre à présent enveloppait tout cela, cependant que nous étions encore dans la clarté du soleil, et que le fleuve, en face de là, brillait toujours d'une éclatante et tranquille splendeur que bordait, au long de la rive et au-dessus d'elle, une bande obscure et ombragée. Pas une âme sur la berge. La brousse n'avait pas un frémissement.

« Et tout à coup, tournant l'angle de la maison, un groupe d'hommes apparut, comme surgi de terre. Ils avançaient enfoncés jusqu'à mi-corps dans les hautes herbes, formés en bloc compact et portant au milieu d'eux une civière improvisée. A l'instant, dans le vide du paysage, une clameur s'éleva, dont l'acuité perça l'air immobile ainsi qu'une flèche pointue volant droit au cœur du pays, et comme par enchantement, un torrent d'êtres humains nus, avec des lances dans leurs mains, avec des arcs, des boucliers, des yeux féroces et des gestes sauvages, fut lâché dans la clairière par la sombre et pensive forêt. La brousse trembla. Les hautes herbes un instant s'inclinèrent, et ensuite tout demeura coi dans une attentive immobilité.

— « Et maintenant, s'il ne dit pas le mot qu'il faut, nous sommes tous fichus... » fit le Russe à mon oreille. Le groupe d'hommes avec la civière s'était arrêté, lui aussi, comme pétrifié, à mi-chemin du vapeur. Par-dessus les épaules des porteurs, je vis l'homme de la civière se mettre sur son séant, décharné et un bras levé. — « Espérons, fis-je, que l'être qui sait si bien parler de l'amour en général trouvera quelque raison particulière de nous épargner cette fois !... » J'étais amèrement irrité de l'absurde danger de notre situation, comme si d'être à la merci de cet affreux fantôme eut été quelque chose de déshonorant. Je n'entendais pas un son, mais au travers de mes jumelles, je distinguais le bras mince impérieusement tendu, la mâchoire inférieure qui remuait et les yeux de l'apparition brillant obscurément, enfoncés dans cette tête osseuse que de grotesques saccades faisaient osciller. Kurtz, Kurtz, cela signifie court en allemand, n'est-ce pas ?... Eh bien, le nom était aussi véridique que le reste de sa vie, que sa mort même. Il paraissait avoir sept pieds de long au moins. Il avait rejeté sa couverture et son corps atroce et pitoyable en surgissait comme d'un linceul. Je voyais remuer la cage de son thorax, les os de son bras qu'il agitait. Il était pareil à une vivante image de la mort, sculptée dans du vieil ivoire, qui aurait tendu la main, d'un air de menace, vers une immobile cohue d'hommes faits d'un bronze obscur et luisant. Je le vis ouvrir la bouche toute grande : il en prit un aspect extraordinairement vorace, comme s'il eut voulu avaler tout l'air, toute la terre, tous les hommes devant lui. Une voix profonde en même temps me parvint faiblement. Il devait crier à tue-tête !... Et soudain, il s'écroula. La civière vacilla tandis que les porteurs reprenaient leur marche en titubant, et presque en même temps, je remarquai que la foule des sauvages se dissipait sans qu'aucun mouvement de retraite fût nulle part perceptible, comme si la forêt qui avait si subitement projeté ces créatures les eût absorbé à nouveau, comme le souffle inhalé d'une longue aspiration.

« Quelques-uns des pèlerins, derrière la civière, portaient les armes de Kurtz, deux fusils de chasse, une carabine de gros calibre, une autre, légère, à répétition, tous les tonnerres de ce vieux Jupiter. Le Directeur, penché vers lui, tout en marchant, lui parlait bas à l'oreille. On le déposa dans l'une des petites cabines, une espèce de réduit où il y avait tout juste la place d'une couchette et d'une où deux chaises de camp. Nous lui avions apporté le courrier qui s'était accumulé pour lui, et un monceau d'enveloppes déchirées, de lettres ouvertes jonchait son lit. Ses mains fourrageaient faiblement parmi tous ces papiers. Je fus frappé par le feu de ses yeux et la langueur compassée de son expression. Ce n'était pas l'épuisement de la maladie. Il ne semblait pas souffrir. Cette ombre avait l'air satisfait et calme, comme si, pour le moment, elle se fût sentie rassasiée d'émotions.

« Il froissa l'une des lettres et me regardant droit dans les yeux : « Très heureux de vous rencontrer ! » fit-il. Quelqu'un lui avait écrit à mon sujet. Toujours les recommandations ! Le volume du son qu'il émettait sans effort, sans presque prendre la peine de remuer les lèvres. me stupéfia. Quelle voix, quelle voix ! Elle était grave, profonde, vibrante, et l'on eût juré que cet homme n'était même plus capable d'un murmure... Pourtant, il lui restait encore assez de force — factice, sans nul doute — pour risquer de nous mettre tous à deux doigts de notre perte, comme vous allez le voir dans un instant.

« Le Directeur apparut silencieusement sur le pas de la porte. Je me retirai incontinent et il tira le rideau derrière moi. Le Russe que tous les pèlerins dévisageaient avec curiosité, observait fixement le rivage. Je suivis la direction de son regard.

« D'obscures formes humaines se distinguaient au loin devant la sombre lisière de la forêt, et au bord du fleuve, deux figures de bronze, appuyées sur leurs hautes lances, se dressaient au soleil, portant sur la tête de fantastiques coiffures de peau tachetée, martiaux et immobiles, dans une attitude de statue. Et de long en large, sur la berge, lumineuse, une apparition de femme se mouvait, éclatante et sauvage.

« Elle marchait à pas mesurés, drapée dans une étoffe rayée et frangée, foulant à peine le sol d'un air d'orgueil, dans le tintement léger et le scintillement de ses ornements barbares. Elle portait la tête haute ; ses cheveux étaient coiffés en forme de casque ; elle avait des molletières de laiton jusqu'aux genoux, des brassards de fil de laiton jusqu'aux coudes, une tache écarlate sur sa joue basanée, d'innombrables colliers de perles de verre autour du cou, quantité de choses bizarres, de charmes, de dons de sorciers suspendus à son corps et qui étincelaient et remuaient à chacun de ses pas. Elle devait porter sur elle la valeur de plusieurs défenses d'éléphants ! Elle était sauvage et superbe, les yeux farouches, magnifique ; son allure délibérée avait quelque chose de sinistre et d'imposant. Et parmi le silence qui était subitement tombé sur ce mélancolique pays, l'immense sauvagerie, cette masse colossale de vie féconde et mystérieuse, semblait pensivement contempler cette femme, comme si elle y eût vu l'image même de son âme ténébreuse et passionnée.

« Elle s'avança jusqu'à la hauteur du vapeur, s'arrêta et nous fit face. Son ombre s'allongea en travers des eaux. Sa désolation, sa douleur muette mêlée à la peur du dessein qu'elle sentait se débattre en elle, à demi formulé, prêtait à son visage un aspect tourmenté et tragique. Elle demeura à nous considérer sans un geste, avec l'air, — comme la sauvagerie elle-même, — de mûrir on ne sait quelle insondable intention. Une minute tout entière s'écoula et puis elle fit un pas en avant. Il y eut un tintement faible, un éclat de métal jaune, une ondulation dans ses draperies frangées et elle s'arrêta, comme si le cœur lui eût manqué. Le jeune homme près de moi grommela. Derrière mon dos les pèlerins chuchotaient. Elle nous regardait comme si sa vie eût dépendu de l'inflexible tension de son regard. Soudain elle ouvrit ses bras nus et les éleva, tout droit, au-dessus de sa tête, comme dans un irrésistible désir de toucher le ciel et en même temps l'obscurité agile s'élança sur la terre et se répandant au long du fleuve, enveloppa le vapeur dans une étreinte sombre. Un silence formidable était suspendu au-dessus de la scène.

« Elle se détourna lentement, se mit à marcher en suivant la berge et rentra à gauche dans la brousse. Une fois seulement, avant de disparaître, elle tourna ses yeux étincelants vers nous.

— « Si elle avait fait mine de monter à bord, fit nerveusement l'homme rapiécé, je crois bien que j'aurais essayé de l'abattre d'un coup de fusil !... J'ai risqué ma peau chaque jour, toute cette quinzaine, pour la tenir à l'écart de la maison. Une fois elle y est entrée et quelle scène n'a-t-elle pas faite au sujet de ces haillons que j'avais ramassés dans le magasin pour raccommoder mes vêtements. Je n'étais pas présentable... Du moins, je pense que c'est de cela qu'elle parla à Kurtz comme une furie, pendant une heure, en me désignant de temps en temps... Je ne comprends pas le dialecte de cette tribu... J'ai quelque idée que Kurtz ce jour-là — heureusement pour moi — était trop malade pour se soucier de quoi que ce soit, autrement il y aurait eu du vilain... Je ne comprends pas... Non, tout cela me dépasse... Enfin, c'est fini, maintenant... »

A ce moment, j'entendis la voix profonde de Kurtz derrière le rideau. — « Me sauver !... Vous voulez dire, sauver l'ivoire... Ne m'en contez pas... Me sauver !... Mais c'est moi qui vous ai sauvés !... Vous contrariez tous mes projets pour le moment... Malade, malade !... Pas si malade que vous aimeriez à le croire... Tant pis... J'arriverai bien malgré tout à réaliser mes idées... Je reviendrai... Je vous ferai voir ce qu'on peut faire... Avec vos misérables conceptions d'épicier, vous vous mettez en travers de mon chemin... Je reviendrai... Je... »

« Le Directeur sortit. Il me fit l'honneur de me prendre par le bras et de me mener à l'écart. — « Il est très bas, vraiment très bas ! » fit-il. Il crut nécessaire de pousser un soupir, mais négligea de paraître affligé en proportion... « Nous avons fait ce que nous pouvions pour lui, n'est-il pas vrai ?... Mais il n'y a pas à dissimuler le fait : M. Kurtz a fait plus de tort que de bien à la Société. Il n'a pas compris que les temps n'étaient pas mûrs pour l'action rigoureuse. Prudemment, prudemment, — c'est là mon principe. Il nous faut être prudent encore. Pour quelque temps ce district nous est fermé ; c'est déplorable... Dans l'ensemble le commerce en souffrira. Je ne nie pas qu'il n'y ait une remarquable quantité d'ivoire

— pour la plus grande partie fossile. — Il nous faut le sauver en tous cas — mais voyez comme la situation est précaire — et pourquoi ? Parce que la méthode est imprudente... » — « Appelez-vous cela, fis-je en regardant la rive, méthode imprudente !... » — « Sans aucun doute, s'écria-t-il avec chaleur. N'est-ce pas votre avis ?... » — « Absence complète de méthode », murmurai-je après un moment. — « Très juste ! exulta-t-il. Je m'y attendais !... Témoigne d'un manque complet de jugement. Il est de mon devoir de le signaler à qui de droit... — Oh, fis-je, ce garçon là-bas, — comment s'appelle-t-il, l'homme aux briques, fera pour vous là-dessus un rapport très présentable... » Il demeura un instant confondu. Jamais, me parut-il, je n'avais respiré atmosphère aussi vile, et mentalement je me détournai vers Kurtz pour me réconforter — oui, je dis bien, pour me réconforter. — « Néanmoins j'estime, fis-je avec emphase, que M. Kurtz est un homme remarquable. » Il sursauta, laissa tomber sur moi un lourd regard glacé, et très rapidement : « *C'était* un homme remarquable... » fit-il, et il me tourna le dos. Mon heure de faveur était passée. J'étais désormais, au même titre que Kurtz, mis au rancart, comme partisan des méthodes pour lesquelles les temps n'étaient pas mûrs. J'étais un « imprudent »... Du moins était-ce quelque chose d'avoir le choix de son cauchemar...

« En fait c'est vers la sauvagerie que je m'étais reporté et non vers M. Kurtz qui, je l'admettais volontiers, pouvait d'ores et déjà être considéré comme un homme en terre. Et pendant un instant, il me parut que moi aussi, j'étais enterré dans un vaste tombeau plein d'indicibles secrets. Un poids insupportable pesait sur ma poitrine : je sentais l'odeur de la terre humide, la présence invisible de la pourriture triomphante, l'obscurité d'une nuit impénétrable... Le Russe cependant me frappa sur l'épaule. Je l'entendis bredouiller et bégayer : « Les marins sont tous frères... Impossible dissimuler... Connaissance de choses propres à nuire à la réputation de M. Kurtz ». — J'attendis. Pour lui, évidemment, M. Kurtz n'était pas encore dans la tombe. Je soupçonne qu'à ses yeux, M. Kurtz était l'un d'entre les immortels. — « Eh bien ! fis-je, à la fin. « Parlez... Il se trouve que je suis l'ami de M. Kurtz, dans une certaine mesure... »

« Non sans formalité, il commença par déclarer que si nous n'avions pas appartenu à la même « profession », il aurait tout gardé pour lui, sans se soucier des conséquences. « Il soupçonnait qu'il y avait une malveillance délibérée à son égard chez ces blancs que... » — « Vous avez raison, » lui dis-je, me souvenant de certaine conversation que j'avais surprise. « Le Directeur considère que vous devriez être pendu... » Il manifesta à cette nouvelle une préoccupation qui m'étonna tout d'abord. « Il vaut mieux, fit-il gravement, que je m'éclipse sans bruit. Je ne puis rien faire de plus pour Kurtz maintenant, et ils auraient bientôt fait d'inventer quelque prétexte... Qu'est-ce qui les arrêterait ?... Il y a un poste militaire à cinq cents kilomètres d'ici. » — « Ma foi, répondis-je, peut-être vaut-il mieux que vous vous en alliez, si vous avez des amis parmi les sauvages de ce pays... » — « J'en ai quantité, reprit-il. Ce sont des gens simples et je n'ai besoin de rien, voyez-vous... » Il demeura un instant à se mordiller la lèvre. « Je ne souhaite aucun mal à ces blancs, continua-t-il ensuite, je songe avant tout à la réputation de M. Kurtz, mais vous êtes un marin, un frère et... » — « Ça va bien », répondis-je après un instant. « La réputation de M. Kurtz ne court avec moi aucun risque... » Je ne savais pas à quel point je disais vrai...

Il m'informa alors, en baissant la voix, que c'était Kurtz qui avait donné l'ordre d'attaquer le vapeur. « L'idée d'être emmené, parfois lui faisait horreur et parfois aussi... Mais je n'entends rien à ces questions... Je suis une âme simple. Il pensait qu'il vous ferait battre en retraite et que vous abandonneriez la partie, le croyant mort. Impossible de l'arrêter... Oh, j'ai passé de durs moments ce dernier mois... » — « C'est possible, fis-je, mais il est raisonnable maintenant. » — « Vous croyez ? » murmura-t-il d'un air pas très convaincu

— « Merci en tout cas », fis-je. « J''ouvrirai l'œil... » — « Mais pas un mot, n'est-ce pas ?... » reprit-il avec une anxieuse insistance. « Ce serait terrible pour sa réputation si n'importe qui... » Avec une grande gravité, je promis une discrétion absolue. — « J'ai une pirogue et trois noirs qui m'attendent non loin. Je pars. Pouvez-vous me passer quelques cartouches Martini-Henry ? » J'en avais : je lui en donnai avec la discrétion qui convenait. Tout en me clignant de l'œil, il prit une poignée de mon tabac. — « Entre marins, pas vrai ?... Ce bon tabac anglais... » Arrivé à la porte de l'abri de pilote, il se retourna. — « Dites-moi, n'avez-vous pas une paire de chaussures dont vous pourriez vous passer ? » Il souleva sa jambe. — « Voyez plutôt ? » La semelle était liée, à la manière d'une sandale, avec des ficelles, sous son pied nu. Je dénichai une vieille paire qu'il considéra avec admiration avant de la passer sous son bras gauche. L'une de ses poches (rouge écarlate) était toute gonflée de cartouches ; de l'autre (bleu foncé) émergeait les *Recherches* de Towson. Il paraissait s'estimer parfaitement équipé pour affronter à nouveau la sauvagerie. — « Ah ! jamais, jamais plus je ne renconterai un homme comme celui-là !... Vous auriez dû l'entendre réciter des poésies, — ses propres poésies à ce qu'il m'a dit... » Des poésies ! Il roulait des yeux au souvenir de ces délices ! — « Ah ! Il a élargi mon esprit. Au revoir... », fit-il. Il me serra les mains, et disparut dans la nuit. Je me demande parfois, si je l'ai vu, réellement vu, s'il est possible que je me sois trouvé en présence d'un tel phénomène...

« Lorsque je me réveillai, peu après minuit, son avertissement me revint à l'esprit et le danger qu'il m'avait fait sous-entendre, me parut, parmi l'obscurité étoilée, suffisamment réel pour mériter que je prisse la peine de me lever et de faire une ronde. Sur la colline, un grand feu brûlait, illuminant par saccades un angle oblique de la maison. Un des agents avec un piquet formé de quelques-uns de nos noirs montait la garde autour de l'ivoire, mais au loin, dans la forêt, de rouges lueurs qui vacillaient, qui semblaient s'élever du sol ou y replonger parmi d'indistinctes colonnes d'un noir intense, désignaient l'endroit exact du camp où les adorateurs de M. Kurtz prolongeaient leur inquiète veillée. Le battement monotone d'un gros tambour emplissait l'air de coups étouffés et d'une persistante vibration. Le murmure soutenu d'une multitude d'hommes qui chantaient, chacun pour soit, eût-on dit, je ne sais quelle étrange incantation sortait de la muraille plate et obscure de la forêt comme le bourdonnement des abeilles sort de la ruche, et produisait un étrange effet de narcotique sur mes esprits endormis. Je crois bien que je m'assoupis, appuyé sur la lisse jusqu'au moment où je fus réveillé dans un sursaut effaré par de soudains hurlements, l'assourdissante explosion d'une frénésie mystérieuse et concentrée... Cela s'arrêta aussitôt et le murmure des voix en reprenant donna presque l'impression calmante d'un silence. Je jetai un coup d'œil distrait sur la petite cabine. Une lumière brûlait à l'intérieur, mais M. Kurtz n'était plus là.

« Je crois bien que j'aurais crié si j'avais sur-le-champ pu en croire mes yeux, mais je ne les crus pas. Le fait paraissait à ce point impossible!... La vérité, c'est que je me sentais complètement désemparé par une terreur sans nom, purement abstraite, et qui ne se rattachait à aucune forme particulière de danger matériel. Ce qui faisait son émotion si irrésistible, c'était — comment le définir — le choc moral que je venais de recevoir, comme si j'avais été confronté soudain à quelque chose de monstrueux, aussi insupportable à la pensée qu'odieux à l'esprit. Cela ne dura bien entendu que l'espace d'une fraction de seconde ; ensuite le sentiment normal du danger mortel et banal, la possibilité de la ruée soudaine, du massacre, que sais-je! que j'entrevoyais imminent, me parut positivement réconfortante et bienvenue. En fait, je me sentis si bien tranquillisé que je ne donnai pas l'alarme.

« Il y avait un agent boutonné jusqu'au nez dans son ulster, qui dormait sur une chaise, à un mètre de moi. Les hurlements ne l'avaient pas réveillé ;

il ronflait très légèrement. Je le laissai à ses songes et sautai sur la berge. Je n'eus pas à trahir M. Kurtz ; il était dit que je ne le trahirais jamais ; il était écrit que je resterais fidèle au cauchemar de mon choix. Je tenais à traiter seul avec cette ombre, et à l'heure actuelle, j'en suis encore à me demander pourquoi j'étais si jaloux de ne partager avec personne la particulière horreur de cette épreuve.

« Aussitôt que j'atteignis la rive, je distinguai une piste, une large piste dans l'herbe. Je me souviens de l'exaltation avec laquelle je me dis : Il est incapable de marcher : il se traîne à quatre pattes ; je le tiens !... — L'herbe était mouillée de rosée. J'avançais à grands pas, les poings fermés. J'imagine que j'avais quelque vague idée de lui tomber dessus et de lui administrer une raclée. C'est possible. J'étais plein d'idées ridicules. La vieille qui tricotait avec son chat près d'elle s'imposa à mon souvenir, et il m'apparaissait qu'elle était bien la personne la moins désignée au monde pour prendre une place à l'autre bout d'une telle histoire. Je voyais une file de pèlerins criblant l'air de plomb avec leurs Winchester appuyés à la hanche. J'avais l'impression que je ne retrouverais plus jamais le vapeur et je m'imaginais vivant seul et sans arme, dans une forêt, jusqu'à un âge avancé. Un tas de pensées absurdes !... Et je m'en souviens, je prenais les battements du tam-tam pour les battements de mon cœur et me félicitais de leur calme régularité.

« Je suivais la piste et m'arrêtais de temps en temps pour écouter. La nuit était très claire, une étendue d'un bleu sombre, étincelante de rosée et de la clarté des étoiles parmi laquelle des choses noires se dressaient immobiles. Puis je crus distinguer une sorte de mouvement devant moi. J'étais étrangement sûr de mon affaire cette nuit-là. Je quittai délibérément la piste et décrivis en courant un large demi-cercle (non sans ma foi ! je crois bien, rire dans ma barbe) de manière à me porter en avant de cette chose qui bougeait, de ce mouvement que j'avais aperçu, pour autant que j'eusse aperçu quelque chose... Je cernais bel et bien mon Kurtz, comme s'il se fût agi d'un jeu d'enfant.

« Je le rejoignis et même, s'il ne m'avait pas entendu venir, je serais tombé sur lui, mais il s'était redressé à temps. Il se leva, mal assuré, long, blème, indistinct, pareil à une vapeur exhalée par la terre et chancela légèrement, brumeux et silencieux cependant que derrière mon dos les feux palpitaient entre les arbres et qu'un murmure nombreux de voix s'échappait de la forêt. Je l'avais proprement coupé, mais quand, me trouvant face à face avec lui, je recouvrai mon sang-froid, le danger m'apparut sous son jour véritable. Il était loin d'être passé. Qu'arriverait-il s'il se mettait à crier ? Bien qu'il pût à peine se tenir debout, il lui restait pas mal de vigueur dans le gosier — « Allez-vous-en ! Cachez-vous !... » me dit-il de son accent profond. C'était affreux. Je jetai un coup d'œil par-dessus mon épaule. Nous étions à trente mètres du feu le plus proche. Une ombre noire se leva à ce moment et fit quelques pas sur de longues jambes noires, en agitant de longs bras noirs, dans le reflet du brasier. Elle avait des cornes — des cornes d'antilope, je pense — sur la tête. Quelque sorcier ou jeteur de sorts, sans doute : il en avait bien la mine diabolique. « Savez-vous ce que vous faites ?... » murmurai-je. — « Parfaitement ! », répondit-il en élevant la voix sur ce mot qui résonna pour moi distant et clair à la fois, comme un appel dans un porte-voix. Pour peu qu'il se mette à faire du bruit, nous sommes fichus, pensai-je. Ce n'était pas évidemment une histoire à régler à coups de poings, abstraction faite de la répugnance très naturelle que j'éprouvais à frapper cette Ombre, cette misérable chose errante et tourmentée... — « Vous serez un homme fini, fis-je, irrémédiablement fini ! » On a parfois de ces inspirations ! Je venais de prononcer la parole qu'il fallait, bien qu'en vérité on n'imaginât pas qu'il pût être plus fini qu'il l'était déjà, à ce moment où se jetaient les fondations d'une intimité destinée à durer, à durer jusqu'à la fin et même au delà...

« J'avais de vastes projets !... » murmura-t-il d'un ton indécis. — « C'est possible, fis-je, mais si vous essayer de crier, je vous casse la tête avec, avec... — Il n'y avait ni pierre ni gourdin à proximité. — Je vous étrangle net, » rectifiai-je. — « J'étais à la veille de faire de grandes choses !... » insista-t-il d'une voix avide et d'un ton de regret, qui me glaça le sang... « Et à cause de ce plat coquin... » — « Votre succès en Europe, affirmai-je fermement, est de toute façon assuré... » Je ne tenais nullement à lui tordre le cou, vous comprenez, sans compter que cela m'aurait pratiquement servi à fort peu de chose. Je tentais simplement de rompre le charme, le charme pesant et muet de la sauvagerie, qui semblait vouloir l'attirer à elle, le reprendre dans son sein impitoyable en ranimant chez cet homme de honteux instincts oubliés, le souvenir de je ne sais quelles monstrueuses passions satisfaites. C'est là simplement, j'en suis persuadé, ce qui l'avait ramené à la lisière de la forêt, vers la brousse, vers l'éclat des feux, le battement des tam-tams, le bourdonnement des incantations inhumaines ; c'est là, avant tout, ce qui avait entraîné cette âme effrénée au delà des limites de toutes convoitises permises. Et le terrible de la situation, voyez-vous, tenait, non dans le risque que je courais d'être assommé, bien que je fusse assez vivement conscient de ce danger-là aussi, mais dans le fait que j'avais affaire à un être auprès de qui je ne pouvais faire appel à quoi que ce fût de noble ou de vil. Il me fallait, comme faisaient les nègres, l'invoquer lui-même, sa propre personne, sa dégradation même orgueilleuse et invraisemblable. Rien qui fût au-dessous ou au-dessus de lui, et je le savais. Il avait perdu tout contact avec le monde... Que le diable l'emporte ! Il avait bel et bien supprimé le monde... Il était seul, et devant lui j'en arrivais à ne plus savoir si j'étais encore attaché à la terre ou si je ne flottais pas dans l'air... Je vous ai dit les mots que nous échangeâmes, en répétant les phrases mêmes que nous prononçâmes — mais qu'est-ce que cela ! Vous n'y voyez que paroles banales, ces sons familiers et indéfinis qui servent quotidiennement... Pour moi, elles révélaient le caractère de terrifiante suggestion des mots entendus en rêve, des phrases prononcées durant un cauchemar. Une âme, si jamais quelqu'un a lutté avec une âme, c'est bien moi... Et notez que j'étais loin de discuter avec un insensé. Croyez-moi si vous voulez ; son intelligence était parfaitement lucide, — repliée sur elle-même, il est vrai, avec une affreuse intensité, mais lucide, et c'était là la seule prise que j'eusse sur lui, — sauf à le tuer bien entendu, ce qui au surplus était une piètre solution, à cause du bruit qu'il m'aurait fallu faire. Non, c'était son âme qui était folle ! Isolée dans la sauvagerie, elle s'était absorbée dans la contemplation de soi-même, et par Dieu ! je vous le dis, elle était devenue folle. Pour mes péchés, je le suppose, il me fallut subir cette épreuve de la contempler à mon tour. Aucune éloquence au monde ne saurait être plus funeste à notre confiance dans l'humanité que ne le fut sa dernière explosion de sincérité. Il luttait d'ailleurs contre lui-même ; je le voyais, je l'entendais... J'avais sous les yeux l'inconcevable mystère d'une âme qui n'avait jamais connu ni foi, ni loi, ni crainte, et qui néanmoins luttait aveuglément contre elle-même. Je contrôlai mes nerfs jusqu'au bout, mais lorsqu'enfin je l'eus étendu sur sa couchette j'essuyai mon front en sueur, tandis que mes jambes tremblaient sous moi, comme si c'était un poids d'une demi-tonne que j'eusse rapporté de la colline sur mon dos... Et pourtant, je n'avais fait que le soutenir, son bras osseux passé autour de mon cou — et il n'était pas beaucoup plus lourd qu'un enfant !...

« Lorsque le lendemain, nous nous remîmes en route, à midi, la foule, dont la présence derrière le rideau d'arbres n'avait cessé de m'être perceptible, afflua à nouveau de la forêt, emplit le défrichement, recouvrit la pente de la colline d'une masse nue, haletante et frémissante, de corps bronzés. Je remontai à contre-courant pendant un instant, pour virer ensuite et mille paires d'yeux suivaient le redoutable Démon-du-fleuve qui, bruyant et barbotant, frappait l'eau de sa queue et soufflait une fumée noire dans l'air. En avant du premier rang, au bord du fleuve, trois hommes barbouillés de rouge de la tête aux pieds s'agitaient de long en large sans répit. Quand nous arrivâmes à leur hauteur, ils firent face, frappèrent du pied, hochèrent leur tête encornée, balancèrent leur corps écarlate ; ils brandissaient vers le redoutable Démon une touffe de plumes noires, une peau galeuse à la queue pendante, quelque chose qui avait l'air d'une gourde séchée et à intervalles réguliers, ils hurlaient tous ensemble des kyrielles de mots extraordinaires qui ne ressemblaient aux sons d'aucune langue humaine, et le murmure profond de la multitude, subitement interrompu, était pareil aux répons de quelque satanique litanie.

« Nous avions porté Kurtz dans l'abri de pilote ; cet endroit était plus aéré. Étendu sur sa couchette, il regardait fixement par le volet ouvert. Il y eut un remous dans la masse des corps, et la femme à la tête casquée, aux joues bronzées, s'élança jusqu'au bord même de la rive. Elle tendit les mains, cria je ne sais quoi et la foule tout entière se joignit à sa clameur dans un chœur formidable de sons rapides, articulés, haletants.

— « Vous comprenez cela ?... » demandai-je.

« Il continuait de regarder au dehors par-dessus moi, avec des yeux avides et furieux, une expression où le regret se mêlait à la haine. Il ne répondit pas, mais je vis un sourire, un indéfinissable sourire passer sur ses lèvres sans couleur, qui aussitôt se tordirent convulsivement. — « Si je comprends !... » fit-il lentement, tout pantelant, comme si ces mots lui eussent été arrachés par une puissance surnaturelle.

« A ce moment, je tirai le cordon du sifflet, et ce qui m'y décida fut d'apercevoir les pèlerins sur le pont qui sortaient leurs fusils avec l'air de se promettre une petite fête. Au bruit abrupt, une onde de terreur passa sur la masse coincée des corps. — « Arrêtez ! Arrêtez ! Vous allez les mettre en fuite !... » cria une voix désolée sur le pont. Je fis jouer le sifflet coup sur coup. Ils se débandèrent et commencèrent à courir : ils bondissaient, s'abattaient, fuyaient dans tous les sens pour échapper à la volante épouvante du sifflement. Les trois hommes rouges étaient tombés à plat-ventre, face contre terre, comme fauchés net. Seule, la femme barbare et magnifique n'avait pas fait mine de bouger et continuait de tendre tragiquement ses bras nus vers nous par-dessus le fleuve obscur et étincelant.

« Et c'est alors que ces imbéciles sur le pont commencèrent leur petite farce et je cessai de rien apercevoir, à cause de la fumée.

« Le sombre courant qui s'éloignait avec rapidité du cœur des ténèbres nous ramena vers la mer avec une vitesse double de celle de notre montée.

La vie de Kurtz s'échappait non moins rapidement, entraînée par le reflux qui la poussait vers l'océan du temps inexorable. Le Directeur était très calme : il n'éprouvait plus à présent d'inquiétudes sérieuses ; il nous enveloppait tous les deux d'un regard sagace et satisfait : « l'affaire » s'était terminée aussi bien qu'il l'eût pu souhaiter. Je vis approcher le moment où j'allais être seul à représenter le parti des « méthodes imprudentes ». Les pèlerins déjà me considéraient d'un œil défavorable. J'étais, si je puis m'exprimer ainsi, accouplé au mort. Étrange, la manière dont j'acceptai cette association imprévue, ce choix de cauchemar qui m'avait été imposé sur une terre ténébreuse envahie par ces piètres et rapaces fantômes...

« Kurtz discourait. Quelle voix ! Elle conserva sa profonde sonorité jusqu'à la fin. Elle survivait à sa force pour continuer de dissimuler sous les draperies magnifiques de l'éloquence l'aride obscurité de son cœur... Ah, il luttait ! Il luttait ! Le désert de sa pensée fatiguée était hanté à présent d'images brumeuses, images de gloire et de fortune circulant servilement autour de son inépuisable don d'expression noble et élevée. « Ma Fiancée, ma station, ma carrière, mes projets » — tels étaient les thèmes de ces manifestations de sentiments sublimes. L'ombre du vrai Kurtz se tenait au chevet creux du simulacre qui avait eu pour destin d'être bientôt enfoui dans la moisissure de cette terre des premiers âges. L'amour diabolique et la haine surnaturelle des mystères qu'elle avait pénétrés se disputaient la possession de cette âme saturée d'émotions primitives, avide de gloire trompeuse, de faux honneurs, de toutes les apparences de succès et du pouvoir.

« Parfois il était risiblement puéril. Il rêvait de rois pour l'attendre à la gare, à son retour de je ne sais quel effroyable Nulle Part où il se proposait d'accomplir de grandes choses. — « Faites-leur voir, disait-il, que vous avez en vous quelque chose de réellement profitable, et il n'est pas de limite aux égards qu'on aura pour votre mérite. Bien entendu, c'est à vous qu'il appartient de contrôler vos mobiles — de justes mobiles toujours !... » Les longues étendues du fleuve, l'une à l'autre pareilles, les tournants monotones, exactement semblables, glissaient au long du vapeur, avec leurs multitudes d'arbres séculaires qui considéraient patiemment ce misérable fragment d'un autre monde, avant-coureur de changement, de conquête, de négoce, de massacres, de bénédictions. Les yeux à l'avant, je gouvernais. « Fermez le volet ! » dit un jour Kurtz brusquement, « je ne puis plus supporter de voir cela... » Je fis ce qu'il demandait. Il y eut un silence. « Ah ! je te briserai le cœur tout de même !... » cria-t-il à l'invisible sauvagerie.

« Nous eûmes une panne, comme je m'y attendais, et il fallut nous arrêter à la pointe d'une île pour procéder aux réparations. Ce retard fut la première chose qui ébranla la confiance de Kurtz. Un matin, il me donna une liasse de papiers et une photographie, le tout lié avec un cordon de chaussure. — « Gardez cela pour moi, fit-il. Ce malfaisant imbécile — il voulait dire le Directeur — est capable de fouiller dans mes caisses lorsque j'aurai le dos tourné... » Dans l'après-midi je le revis. Il était étendu sur le dos, les yeux fermés, et je me retirais sans bruit quand je l'entendis murmurer : « Vivre honnêtement, mourir, mourir... » Je tendis l'oreille. Il n'y eut rien de plus. Répétait-il quelque discours pendant son sommeil, ou était-ce un fragment d'article de journal ?... Il avait collaboré à des journaux et comptait le faire à nouveau, « pour la propagation de mes idées : c'est un devoir pour moi... »

« Les ténèbres qui l'entouraient étaient impénétrables. Je l'observais comme on considère de haut un homme étendu au fond d'un précipice où le soleil jamais ne luit. Mais je n'avais guère de loisirs à lui consacrer, parce que j'aidais le mécanicien à démonter les cylindres qui fuyaient, à redresser une bielle faussée et autres préparations du même genre. Je vivais au milieu d'un infernal fouillis de rouille, de limaille, de boulons, d'écrous, de clefs anglaises, de forets à cliquet, toutes choses que j'abomine parce que je n'arrive pas à m'en servir. Je surveillais aussi la petite forge qu'heureusement nous avions à bord et trimais dur parmi un sacré tas de ferraille, à moins que la tremblote de la fièvre ne m'empêchât de tenir sur mes jambes.

« Un soir, entrant avec une bougie allumée, je fus surpris de l'entendre dire d'une voix un peu tremblante : « Je suis étendu dans le noir à attendre la mort... » La lumière en fait brûlait à moins d'un pied de son visage. Je fis effort sur moi-même pour lui dire : « Pas de bêtises, voyons !... », et demeurai penché au-dessus de lui, comme cloué sur place.

« Jamais je n'avais vu, — et j'espère bien n'avoir plus jamais à revoir — rien qui approchât du changement qui s'était opéré sur ses traits. Je n'étais pas apitoyé, certes ! J'étais fasciné. On eût dit qu'un voile avait été déchiré. Sur cette face d'ivoire, je discernais l'expression d'un sombre orgueil, d'une farouche puissance, d'une terreur abjecte, et aussi d'un désespoir immense et sans remède. Revivait-il sa vie dans le détail de chacune de ses convoitises, de ses tentations, de ses défaillances, durant ce suprême instant de parfaite connaissance ? Deux fois, d'une voix basse il jeta vers je ne sais quelle image, quelle vision, ce cri qui n'était guère qu'un souffle : « L'horreur ! L'horreur !... »

« Je soufflai la bougie et sortis de la cabine. Les pèlerins dînaient dans le carré : je gagnai ma place en face du Directeur qui leva les yeux pour me jeter un regard interrogateur que je réussis à éluder. Il se pencha en arrière, serein, avec un sourire particulier dont il scellait les profondeurs inexprimées de sa médiocrité. Une grêle continue de petites mouches s'abattait sur la lampe, sur la nappe, sur nos visages et nos mains. Soudain, le boy du Directeur montra son insolente face noire au seuil de la porte et déclara d'un ton d'insultant mépris :

— « Moussou Kurtz... lui, mort... »

« Tous les pèlerins s'élancèrent pour aller voir. Je ne bougeai pas et poursuivis mon dîner. Mon insensibilité, j'imagine, dut être jugée révoltante. Je ne mangeai guère, cependant. Il y avait une lampe là — de la lumière, comprenez-vous — et au-dehors il faisait si affreusement noir ! Je n'approchai plus de l'homme remarquable qui avait prononcé un tel jugement sur les aventures terrestres de son âme. La voix s'était éteinte. Y avait-il jamais eu autre chose ?... Je ne fus pas sans savoir cependant que, le lendemain, les pèlerins enfouirent quelque chose dans un trou plein de boue.

« Et ensuite, il s'en fallut de peu qu'ils ne m'enterrassent à mon tour.

« Toutefois, comme vous voyez, je n'allai pas rejoindre Kurtz sur-le-champ. Non. Je demeurai pour endurer le cauchemar jusqu'au bout et témoigner ma fidélité à Kurtz une fois de plus. C'était la destinée : Ma destinée ! Quelle chose baroque que la vie : cette mystérieuse mise en œuvre d'impitoyable logique pour quels desseins dérisoires !.. Le plus qu'on en puisse attendre, c'est quelque lumière sur soi-même, acquise quand il est trop tard et, ensuite, il n'y a plus qu'à remâcher les regrets qui ne meurent pas. — J'ai lutté avec la mort. C'est le plus morne combat qui se puisse concevoir. Il se déroule dans une pénombre impalpable, rien sous les pieds, rien autour de vous, pas de témoins, nulle clameur, nulle gloire, aucun grand désir de victoire, pas grande appréhension non plus de défaite, et quelle morbide atmosphère de tiède scepticisme, sans ferme conviction de votre bon droit et encore moins de celui de l'adversaire. Si telle est la forme de sagesse suprême, la vie vraiment est une plus profonde énigme que certains d'entre nous se l'imaginent. Il tint à un cheveu que je n'eusse l'occasion de prononcer ma dernière parole, et je constatai avec humiliation que probablement je n'aurais rien eu à dire. Voilà pourquoi j'affirme que Kurtz fut un homme remarquable. Il eut quelque chose à dire ; il le dit. Depuis que j'ai moi-même jeté un regard par-delà le seuil, je comprends mieux la signification de son fixe regard, qui n'apercevait plus la flamme de la bougie, mais était assez étendu pour embrasser l'univers tout entier, assez perçant pour pénétrer tous les cœurs qui battent dans les Ténèbres. Il avait conclu, il avait jugé : « L'horreur ! » — C'était un homme remarquable. Après tout, c'était là l'expression d'une façon de croyance ; elle avait sa naïveté, sa conviction ; il y avait un vibrant accent de révolte dans son murmure ; c'était le visage terrifiant de la vérité qu'on vient d'apercevoir ; le bouleversant mélange du désir et de la haine. Et ce dont je me souviens avec le plus de netteté, ce n'est pas de ma propre extrémité : vision grisâtre, sans forme, remplie de douleur physique et d'un mépris inconscient pour toutes les choses qui s'effacent, pour la douleur même. — Non, c'est par son agonie que j'ai l'impression d'avoir passé. Il avait, lui, il est vrai, fait le dernier pas, il avait franchi le seuil dont il m'avait été donné de détacher mes pieds hésitants. Et peut-être est-ce là ce qui fait la différence ; peut-être toute la sagesse, toute la vérité, toute la sincérité tiennent-elles précisément dans cet inappréciable instant où nous passons le seuil de l'Invisible... Peut-être !... J'aime à croire que ma conclusion n'aurait pas été qu'un mot de mépris insouciant. Mieux vaut son cri, cent fois !... C'était une affirmation, une victoire morale, achetée par d'innombrables défaites, des terreurs abominables, des satisfactions abominables ; mais c'était une victoire. Et c'est pourquoi je suis demeuré fidèle à Kurtz jusqu'au bout et même au delà : quand bien plus tard, j'entendis à nouveau, non pas sa voix, mais l'écho de sa magnifique éloquence qui jaillissait vers moi d'une âme aussi lucidement pure qu'une falaise de cristal.

« Non, ils ne m'enterrèrent pas, bien qu'il y ait eu en fait une période de mon existence dont je ne me souviens que confusément, avec un étonnement frissonnant, comme d'un passage au travers d'un monde sans espoir et sans désir. Je finis par me retrouver dans la ville des sépulcres, excédé de l'aspect des gens qui se pressaient dans la rue pour se dérober mutuellement quelques sous, absorber leur infâme cuisine, avaler leur bière malsaine, rêver leurs rêves médiocres et imbéciles. Ils empiétaient sur mes pensées. C'étaient des intrus et leur prétendue connaissance de la vie n'était à mes yeux qu'irritante prétention, tant j'étais assuré qu'ils ne pouvaient savoir les choses que je savais. Leur attitude, qui était simplement celle de créatures ordinaires vaquant à leurs affaires dans un sentiment de parfaite sécurité, me paraissait intolérable comme l'outrageante suffisance de la folie en face d'un danger qu'elle est incapable de discerner. Je ne me sentais aucun désir spécial de les éclairer, mais quelquefois j'avais peine à me retenir de pouffer au nez de ces personnages gonflés de suffisance. Il me faut dire que je ne me sentais pas fort bien à cette époque. Je me traînais dans les rues (il y avait plusieurs affaires à régler) en ricanant amèrement en face de personnes parfaitement respectables. Je reconnais que ma conduite était inexcusable, mais ma température était rarement normale en ce temps-là. Et les efforts que faisait mon excellente tante « pour me rendre des forces » semblaient bien être tout à fait à côté de la question, mes forces ne laissaient rien à désirer, mon imagination, tout simplement, demandait à être calmée. J'avais gardé le paquet de papiers que m'avait donné Kurtz, ne sachant trop qu'en faire. Sa mère était morte récemment, soignée, me dit-on, par la Fiancée de son fils. Un monsieur rasé de près, d'allure officielle et portant des lunettes d'or, vint me voir un jour et me posa diverses questions, enveloppées tout d'abord, discrètement pressantes ensuite, au sujet de ce qu'il se plaisait à appeler certains « documents ». Je n'éprouvai aucune surprise, attendu que là-bas j'avais déjà eu deux attrapades à ce propos avec le Directeur. Je m'étais refusé à livrer le moindre bout de papier du paquet, et j'observai la même attitude à l'égard de l'homme à lunettes. Il finit par devenir confusément menaçant et, avec chaleur, me fit observer que la Société avait des droits sur le moindre renseignement touchant ses « territoires ». — « Et, ajoutait-il, les lumières qu'avait M. Kurtz sur les régions inexplorées ont dû être très étendues et très particulières, étant donné ses grandes capacités et les circonstances déplorables dans lesquelles il s'est trouvé. Par suite... ». Je l'assurai que les lumières de M. Kurtz, si étendues fussent elles, ne portaient sur aucun problème administratif ou commercial. Il invoqua le nom de la Science. « Ce serait une perte incalculable si... » et ainsi de suite. Je lui offris le rapport sur la Suppression des Coutumes Barbares, dont le post-scriptum avait été préalablement déchiré. Il s'en saisit avec empressement, mais en terminant, il eut une moue dédaigneuse : « Ce n'est pas ce que nous avions le droit d'attendre », remarqua-t-il. — « N'attendez rien d'autre, fis-je. Il n'y a que des lettres personnelles ». Il se retira sur une vague menace de mesures judiciaires et je ne le revis plus. Mais un autre gaillard, se disant le cousin de Kurtz, apparut deux jours après et se déclara désireux d'avoir les détails les plus complets sur les derniers moments de son cher parent. Incidemment, il me donna à entendre que Kurtz avait été, avant tout, un grand musicien. « Il avait tout ce qu'il fallait pour le plus grand succès... », me dit l'homme, un organiste, je crois, dont les raides cheveux gris débordaient un col d'habit graisseux. Je n'avais aucune raison de mettre en doute cette affirmation et même à l'heure actuelle, je demeure incapable de dire quelle était la vocation de Kurtz — pour autant qu'il en eût une — et quel était le plus éminent de ses talents. Je l'avais pris pour un peintre qui écrivait dans les journaux ou, inversement, pour un journaliste qui savait peindre, mais le cousin, lui-même, qui durant la conversation se bourrait le nez de tabac, ne fut pas en mesure de m'indiquer ce que Kurtz avait été, exactement. C'était un « génie universel »; j'en tombai d'accord avec le vieux bonhomme qui, là-dessus, se moucha bruyamment dans un vaste mouchoir de coton et se retira avec une agitation sénile, emportant quelques lettres de famille et des notes sans importance. Finalement s'amena un journaliste, désireux d'obtenir quelques informations sur le sort de son « cher collègue ». Ce visiteur m'informa que l'activité de Kurtz aurait dû s'orienter du côté de la politique, d'une politique « à tendances populaires ». Il avait des sourcils touffus et droits, les cheveux raides tondus ras, un monocle au bout d'un large ruban et, devenant expansif, il me confia qu'à son avis Kurtz n'était pas écrivain pour un sou : « Mais, bon Dieu ! ce qu'il savait parler... Il électrisait son auditoire !... C'était un convaincu, voyez-vous : il avait la foi... Il arrivait à croire en n'importe quoi !... Il eût fait un admirable chef de parti avancé. » — « De quel parti ?... » demandai-je. — « N'importe quel parti ! » répondit l'autre. « C'était un... un extrémiste... N'était-ce pas mon avis ? » — Je l'admis. — « Et savais-je, reprit-il, avec un élan subit de curiosité, ce qui l'avait poussé à aller là-bas ? » — « Oui. » fis-je et incontinent, je lui fourrai entre les mains le fameux Rapport avec autorisation de le publier s'il le jugeait à propos. Il le parcourut hâtivement, en marmottant tout le temps, opina que « cela irait » et s'esquiva avec son butin.

« Je finis par demeurer avec une mince liasse de lettres et le portrait de la jeune fille. J'avais été frappé de sa beauté — j'entends de la beauté de son expression. Je sais qu'on arrive à faire mentir jusqu'à la lumière du jour, mais on sentait bien qu'aucun artifice de pose ou d'éclairage n'avait pu prêter à ses traits une aussi délicate nuance d'ingénuité. Elle apparaissait prête à écouter sans réserve, sans méfiance, sans une pensée pour soi-même. Je décidai que j'irais la voir et lui remettrais moi-même son portrait et ses lettres. Curiosité ? — sans doute et aussi quelque autre sentiment, peut-être... Tout ce qui avait appartenu à Kurtz m'était passé entre les mains : son âme, son corps, sa station, ses projets, son ivoire, sa carrière. Il ne restait guère que son souvenir et sa Fiancée, et dans un certain sens je tenais à céder cela aussi au passé, à confier personnellement tout ce qui me restait de lui à cet oubli qui est le dernier mot de notre sort commun. Je ne me défends pas. Je ne me rendais pas clairement compte de ce qui se passait en moi. Peut-être n'était-ce qu'instinctive loyauté ; peut-être réalisation d'une de ces ironiques nécessités qui se dissimulent derrière les événements de l'existence humaine. Je n'en sais rien, je ne cherche pas à expliquer. Simplement j'allai chez elle.

« J'imaginais que le souvenir de Kurtz était pareil à tous les souvenirs d'autres morts, qui s'accumulent dans la vie de chaque homme — vague impression faite sur la mémoire par les ombres qui l'ont effleurée durant leur rapide et suprême passage. Mais devant la haute et massive porte, entre les larges maisons d'une rue aussi tranquille et respectable qu'une allée de cimetière, bien entretenue, il m'apparut ainsi que dans une vision, couché sur son brancard, la bouche voracement ouverte, comme pour dévorer la terre tout entière avec toute l'humanité. Il surgit à ce moment devant moi, aussi vivant qu'il l'avait jamais été, ombre avide, de magnifique apparence et d'épouvantable réalité, ombre plus noire que l'ombre de la nuit et drapé noblement dans les plis de son éloquence éclatante. La vision parut pénétrer dans la maison en même temps que moi : la civière, les porteurs fantômes, la cohue sauvage des dociles adorateurs, l'obscurité de la forêt, l'étincellement du fleuve entre les courbes embrumées, le battement du tam-tam régulier et voilé comme le battement d'un cœur, du cœur des Ténèbres victorieuses. Ce fut un moment de triomphe pour la sauvagerie, une ruée envahissante et vengeresse que j'aurais, semblait-il, à refouler, seul pour le salut d'une autre âme. Et le souvenir de ce que je lui avais entendu dire là-bas, dans la lueur des feux, au sein de la patiente forêt, tandis que les ombres encornées s'agitaient derrière moi. ces phrases entrecoupées retentirent à nouveau en moi, dans leur sinistre et terrifiante sincérité. Je me rappelai ses abjectes instances, ses abjectes menaces, l'ampleur démesurée de ses basses convoitises, la médiocrité, le tourment, l'orageuse angoisse de son âme. Et ensuite il me parut revoir l'air nonchalant et posé dont il me dit un jour : « Tout cet ivoire en réalité m'appartient. La Société n'a rien eu à payer pour l'obtenir. Je l'ai recueilli moi-même, à mes risques personnels. Je crains cependant qu'ils n'essaient d'y prétendre comme s'il était à eux. Hum! c'est un point délicat... Que pensez-vous que je doive faire : résister ! Hé, je ne demande rien de plus que justice, après tout !... » Il ne demandait rien de plus que justice, rien que justice !... Je sonnai à une porte d'acajou au premier étage, et tandis que j'attendais, il semblait me regarder du fond du panneau verni, de son regard immense et vaste qui étreignait, condamnait, exécrait tout l'univers. J'eus l'impression que j'entendais son cri, son cri à voix basse : « l'horreur ! l'horreur !... »

« L'ombre tombait. On me fit attendre dans un ample salon où trois hautes fenêtres s'ouvrant du plancher au plafond, avaient l'air de piliers lumineux et drapés. Des dorures luisaient sur les pieds recourbés et le dossier des fauteuils. La large cheminée de marbre était d'une froide et monumentale blancheur. Un piano à queue s'étalait massivement dans un angle, avec d'obscurs reflets sur ses plans unis, pareil à un sombre sarcophage poli. Une haute porte s'ouvrit, se referma. Je me levai.

« Elle s'avança, tout en noir, la face pâle, comme flottant vers moi dans le crépuscule. Elle était en deuil. Il y avait plus d'un an qu'il était mort : plus d'un an depuis que la nouvelle était arrivée, mais il apparaissait bien qu'elle était destinée à se souvenir et à pleurer toute la vie. Elle prit mes deux mains dans les siennes et murmura : « J'avais entendu dire que vous viendriez... » Je remarquai qu'elle n'était pas très jeune — j'entends qu'elle n'avait rien de la jeune fille. Elle avait, de l'âge mûr, toutes les aptitudes à la fidélité, à la foi, à la souffrance. La pièce s'était faite plus obscure, comme si toute la triste lumière de cet après-midi couvert se fût réfugiée sur son front. Cette chevelure blonde, ce pâle visage, ce dur sourcil, semblaient comme entourés d'un halo cendré d'où les yeux sombres me dévisageaient. Leur regard était innocent, profond, respirant la confiance et l'invitant à la fois. Elle portait sa tête meurtrie, comme si elle eût été fière de sa meurtrissure, comme si elle eût voulu dire : moi seule sais le pleurer comme il le mérite ! Mais tandis que nos mains se touchaient encore, un air de si affreuse désolation passa sur sa face que je compris qu'elle n'était point de celles dont le temps se fait un jouet. Pour elle, c'est hier seulement qu'il était mort. Et vraiment, l'impression fut si saisissante qu'à moi aussi, il sembla n'être mort qu'hier — que dis-je ? à l'instant même... Je les vis l'un et l'autre au même endroit du temps : la mort de celui-là, la douleur de celle-ci. Je vis quelle avait été sa douleur : je revis ce qu'avait été sa mort. Comprenez-moi. Je les vis ensemble, je les entendis en même temps. Elle m'avait dit, avec un sanglot profond dans la voix : « J'ai survécu !... » et cependant mes oreilles abusées croyaient entendre distinctement, mêlé à ses accents de regret tragique, le murmure décisif par quoi l'autre avait prononcé son éternelle condamnation. Je me demandai ce que je faisais là, non sans un sentiment de panique dans le cœur, comme si je m'étais fourvoyé en quelque région de cruels et absurdes mystères interdits au mortel.

« Elle me mena vers un siège. Nous nous assîmes. Je déposai doucement le paquet sur la petite table et elle mit la main dessus.

— « Vous le connaissiez bien... » murmura-t-elle après un instant de douloureux silence.

— « L'intimité est prompte, là-bas, fis-je. Je le connaissais aussi bien qu'il est possible à un homme d'en connaître un autre...

— « Et vous l'admiriez, reprit-elle. Il était impossible de le connaître et de ne pas l'admirer, n'est-ce pas ?...

— « C'était un homme remarquable »... fis-je d'une voix mal assurée. Et devant la fixité implorante de son regard qui semblait attendre autre chose encore, je repris : « Il était impossible de ne pas...

— « De ne pas l'aimer !... » acheva-t-elle gravement, cependant que je demeurais muet et confondu. — « Que c'est vrai ! Que c'est vrai !... Mais penser que personne ne l'a connu comme je l'ai connu... J'avais toute sa noble confiance... C'est moi qui le connaissais le mieux... »

— « C'est vous qui le connaissiez le mieux », répétai-je. Et peut-être était-ce exact. Mais à chaque parole qui était prononcée, la pièce se faisait plus sombre, son front seul, uni et clair, demeurait illuminé, de l'inextinguible lumière de la foi et de l'amour...

— « Vous étiez son ami, continua-t-elle. Son ami, répéta-t-elle un peu plus haut. Vous devez l'avoir été, puisqu'il vous a donné ceci et qu'il vous a envoyé vers moi... Je sens que je puis vous parler et... Ah ! il faut que je parle... Je veux que vous sachiez, vous qui avez recueilli ses derniers mots, que j'ai été digne de lui. Ce n'est pas de l'orgueil... Eh bien, oui, je suis fière de savoir que je l'ai compris mieux que quiconque au monde —

c'est lui-même qui me l'a dit... Et depuis que sa mère est morte, je n'ai eu personne, personne pour... pour... »

« J'écoutais. L'obscurité s'épaisissait. Je n'étais même pas assuré d'avoir reçu la liasse qui lui était destinée. J'ai quelque lieu de croire que ce qu'il avait voulu me confier, c'était un autre paquet de papiers qu'un soir, après la mort de Kurtz, j'avais vu entre les mains du Directeur qui les examinait sous la lampe. Et la jeune fille parlait, tirant de la certitude qu'elle avait de ma sympathie un réconfort dans son affliction ; elle parlait comme boit l'homme altéré. J'avais entendu dire que ses fiançailles avec Kurtz n'avaient pas été approuvées par sa famille. Peut-être n'était-il pas assez riche... En fait j'ignore s'il n'avait pas été un pauvre diable toute sa vie. Il m'avait donné quelque raison de supposer que c'était l'impatience de sa pauvreté relative qui l'avait poussé là-bas.

— « Qui n'eût pas été son ami, après l'avoir entendu parler !... » disait-elle. — « C'est par ce qu'ils avaient de meilleur en eux qu'il prenait tous les hommes... » Elle me jeta un regard intense. — « C'est le don des plus grands, reprit-elle, et le son de sa voix basse semblait trouver son accompagnement dans les autres bruits, pleins de mystère, de désolation et de tristesse que j'avais entendus ailleurs ; le ruissellement du fleuve, le bruissement des arbres agités par le vent, les murmures de la cohue sauvage, le faible frémissement des mots incompréhensibles proférés au loin, le soupir d'une voix qui parlait par-delà le seuil des ténèbres éternelles. — « Mais vous l'avez entendu !... Vous savez !... » s'écria-t-elle.

— « Oui, je sais !... » fis-je, avec je ne sais quoi dans le cœur qui ressemblait à du désespoir, mais incliné devant la foi qui l'animait, devant cette grande illusion salutaire qui brillait d'un éclat surnaturel dans les ténèbres, les victorieuses ténèbres dont je n'aurais su la défendre, dont je ne pouvais me défendre moi-même.

— « Quelle perte pour moi — pour nous, se reprit-elle avec une magnanime générosité, et elle ajouta dans un murmure : « pour le monde entier »... Aux dernières lueurs du crépuscule je pouvais distinguer la lumière de ses yeux pleins de larmes, de larmes qui ne voulaient pas couler.

— « J'ai été très heureuse, très fortunée, très fière, continua-t-elle. Trop fortunée, trop heureuse pendant quelque temps. Et maintenant je suis malheureuse pour toujours... »

« Elle se leva. Ses cheveux blonds semblaient recueillir, dans un scintillement doré, tout ce qui restait de clarté dans l'air. Je me levai à mon tour.

— « Et de tout cela, fit-elle encore, avec désolation, de tout ce qu'il promettait, de toute sa grandeur, de cette âme généreuse, de ce cœur si noble, il ne reste plus rien — rien qu'un souvenir... Vous et moi...

— « Nous nous souviendrons toujours de lui !... » fis-je hâtivement.

— « Non, s'écria-t-elle. Il est impossible que tout soit perdu, qu'une vie comme la sienne soit sacrifiée sans rien laisser derrière elle — sinon de la douleur... Vous savez quels étaient ses vastes projets. Je les connaissais aussi. Peut-être ne comprenais-je pas. Mais d'autres étaient au courant. Il doit demeurer quelque chose. Ses paroles au moins ne sont pas mortes !... »

— « Ses paroles resteront, dis-je..

— « Et son exemple, murmura-t-elle, comme pour elle-même. On avait les yeux fixés sur lui. Sa bonté brillait dans toutes ses actions. Son exemple...

— « C'est vrai, fis-je. Son exemple demeure aussi. Oui, son exemple, je l'oubliais...

— « Mais non, je n'oublie pas. Je ne puis, je ne puis croire encore, je ne puis croire que je ne le reverrai plus, que personne ne le verra plus jamais... »

« Comme vers une image qui s'éloigne, elle joignit ses mains pâles et tendit ses bras qui, à contre-jour de l'étroite et pâlissante lueur de la fenêtre, apparurent tout noirs. Ne plus jamais le revoir ! — Je le revoyais à ce moment bien assez distinctement !... Toute ma vie, je reverrai ce loquace fantôme, et je la verrai elle-même, ombre tragique et familière, pareille dans son attitude, à une *autre*, également tragique, et ornée de charmes impuissants, qui étendait ses bras nus, au-dessus du scintillement du fleuve infernal, du fleuve de ténèbre. Soudain, elle dit, très bas : « Il est mort comme il a vécu... »

— « Sa mort, fis-je, cependant qu'une sourde irritation montait en moi, a été de tous points digne de sa vie.

— « Et je n'étais pas auprès de lui, » murmura-t-elle.

Mon irritation céda à un sentiment de pitié sans bornes.

— « Tout ce qui pouvait être fait... », bredouillai-je.

— « Ah ! J'avais foi en lui plus que quiconque au monde !... Plus que sa propre mère... Plus que lui-même. Il avait besoin de moi... Ah ! J'aurais jalousement recueilli le moindre de ses soupirs, ses moindres paroles, chacun de ses mouvements, chacun de ses regards. »

Je sentis une main glacée sur ma poitrine. « Ne l'ai-je pas fait ?... » dis-je d'une voix étouffée.

— « Pardonnez-moi !... J'ai si longtemps pleuré en silence, en silence. Vous êtes demeuré avec lui, jusqu'au bout... Je songe à son isolement.. Personne auprès de lui pour le comprendre, comme je l'aurais compris... Personne pour entendre...

— « Jusqu'au bout, fis-je d'un ton saccadé... J'ai entendu ses derniers mots... » Je m'arrêtai, saisi.

— « Répétez-les, murmura-t-elle d'un ton accablé. Je veux, je veux avoir quelque chose avec quoi je puisse vivre... »

« Je fus sur le point de lui crier : « Mais ne les entendez-vous pas ? » L'obscurité autour de nous ne cessait de les répéter dans un chuchottement persistant, dans un chuchotement qui semblait s'enfler, de façon menaçante, comme le premier bruissement du vent qui se lève : « L'horreur ! L'horreur !... »

— « Son dernier mot : que j'en puisse vivre !... » reprit-elle. « Ne comprenez-vous donc pas que je l'aimais, je l'aimais, je l'aimais ! »

Je me ressaisis et parlant lentement :

— « Le dernier mot qu'il ait prononcé : ce fut votre nom... »

Je perçus un léger soupir et mon cœur ensuite cessa de battre, comme arrêté net par un cri exultant et terrible, un cri d'inconcevable triomphe et de douleur inexprimable : « Je le savais, j'en étais sûre !... » Elle savait. Elle était sûre. Je l'entendis sangloter : elle avait caché son visage dans ses mains. J'eus l'impression que la maison allait s'écrouler avant que je n'eusse le temps de m'esquiver, que le ciel allait choir sur ma tête. Mais rien de pareil. Les cieux ne tombent pas pour si peu.

Seraient-ils tombés, je me le demande, si j'avais rendu à Kurtz la justice qui lui était dûe ?... N'avait-il pas dit qu'il ne demandait que justice ? Mais je ne pouvais pas. Je ne pouvais lui dire. C'eût été trop affreux, décidément trop affreux... »

Marlow s'arrêta et demeura assis à l'écart, indistinct et silencieux, dans la pose de Bouddha qui médite. Personne, pendant un moment, ne fit un mouvement. — « Nous avons manqué le premier flot de la marée », fit l'administrateur tout à coup. Je relevai la tête. L'horizon était barré par un banc de nuages noirs et cette eau, qui comme un chemin tranquille mène aux confins de la terre, coulait sombre sous un ciel chargé, semblait mener vers le cœur même d'infinies ténèbres.

ŒUVRES COMPLÈTES DE JOSEPH CONRAD

TRADUITES DE L'ANGLAIS SOUS LA DIRECTION D'ANDRÉ GIDE ET G. JEAN-AUBRY

LA FOLIE-ALMAYER (trad. *Geneviève Séligmann-Lui*).
UN PARIA DES ILES (trad. *G. Jean-Aubry*).
LE NÈGRE DU « NARCISSE » (trad. *Robert d'Humières*).
HISTOIRES INQUIÈTES (trad. *G. Jean-Aubry*).
TYPHON (trad. *André Gide*).
FALK (trad. *G. Jean-Aubry*).
LORD JIM (trad. *Philippe Neel*).
AU BOUT DU ROULEAU (trad. *Gabrielle d'Harcourt*).
NOSTROMO (trad. *Philippe Neel*).
GASPAR RUIZ (trad. *Philippe Neel*).
SOUS LES YEUX D'OCCIDENT (trad. *Philippe Neel*).
DES SOUVENIRS (trad. *G. Jean-Aubry*).
LE MIROIR DE LA MER (trad. *G. Jean-Aubry*).
ENTRE TERRE ET MER (trad. *G. Jean-Aubry*).
FORTUNE (trad. *Philippe Neel*).
LA LIGNE D'OMBRE (trad. *H.* et *H. Hoppenot*).
EN MARGE DES MARÉES (trad. *G. Jean-Aubry*).
UNE VICTOIRE (trad. *Philippe Neel* et *I. Rivière*).
LA FLÈCHE D'OR (trad. *G. Jean-Aubry*).
LA RESCOUSSE (trad. *G. Jean-Aubry*).
LE FRÈRE-DE-LA-COTE (trad. *G. Jean-Aubry*).
DERNIERS CONTES ET NOTES SUR LES LETTRES (trad. *G. Jean-Aubry*).
ANGOISSE (trad. *G. Jean-Aubry*).
LETTRES FRANÇAISES (introduction et notes de *G. Jean-Aubry*).

L'IMAGINAIRE
GALLIMARD

Axée sur les constructions de l'imagination, cette collection vous invite à découvrir les textes les plus originaux des littératures romanesques française et étrangères.

Volumes parus

1. Raymond Queneau : *Un rude hiver.*
2. William Faulkner : *Les palmiers sauvages.*
3. Michel Leiris : *Aurora.*
4. Henri Thomas : *La nuit de Londres.*
5. Max Jacob : *Le cabinet noir.*
6. D. H. Lawrence : *L'homme qui était mort.*
7. Herman Melville : *Benito Cereno et autres contes de la Véranda.*
8. Valery Larbaud : *Enfantines.*
9. Aragon : *Le libertinage.*
10. Jacques Audiberti : *Abraxas.*
11. Jean Grenier : *Les îles.*
12. Marguerite Duras : *Le vice-consul.*
13. Jorge Luis Borges : *L'Aleph.*
14. Pierre Drieu la Rochelle : *État civil.*
15. Maurice Blanchot : *L'arrêt de mort.*
16. Michel Butor : *Degrés.*
17. Georges Limbour : *Les vanilliers.*
18. George du Maurier : *Peter Ibbetson.*
19. Joseph Conrad : *Jeunesse* suivi de *Cœur des ténèbres.*
20. Jean Giono : *Fragments d'un paradis.*
21. Malcolm Lowry : *Ultramarine.*
22. Cesare Pavese : *Le bel été.*

23. Pierre Gascar : *Les bêtes.*
24. Jules Supervielle : *L'homme de la pampa.*
25. Truman Capote : *La harpe d'herbes.*
26. Marcel Arland : *La consolation du voyageur.*
27. F. Scott Fitzgerald : *L'envers du paradis.*
28. Victor Segalen : *René Leys.*
29. Paul Valéry : *Monsieur Teste.*
30. C.-F. Ramuz : *Vie de Samuel Belet.*
31. Marguerite Yourcenar : *Nouvelles orientales.*
32. Louis-René des Forêts : *Le bavard.*
33. William Faulkner : *Absalon ! Absalon !*
34. Jean Genet : *Pompes funèbres.*
35. Ernst Jünger : *Le cœur aventureux.*
36. Antonin Artaud : *Héliogabale.*
37. Guillaume Apollinaire : *La femme assise.*
38. Juan Rulfo : *Pedro Páramo.*
39. Eugène Zamiatine : *Nous autres.*
40. Marcel Proust : *Les plaisirs et les jours.*
41. André Pieyre de Mandiargues : *Soleil des loups.*
42. Maurice Sachs : *Le Sabbat.*
43. D. H. Lawrence : *L'arc-en-ciel.*
44. Henri Calet : *La belle lurette.*
45. Rómulo Gallegos : *Doña Bárbara.*
46. Georges Lambrichs : *Les fines attaches.*
47. Ernst Jünger : *Sur les falaises de marbre.*
48. Raymond Queneau : *Les œuvres complètes de Sally Mara.*
49. Marguerite Duras : *L'après-midi de monsieur Andesmas.*
50. T. E. Lawrence : *La matrice.*
51. Julio Cortázar : *Marelle.*
52. Maurice Fourré : *La nuit du Rose-Hôtel.*
53. Gertrude Stein : *Autobiographie d'Alice Toklas.*
54. Hoffmann : *Le chat Murr.*
55. Joë Bousquet : *Le médisant par bonté.*
56. Marcel Jouhandeau : *Prudence Hautechaume.*
57. Jane Austen : *Catherine Morland.*

58. Pierre Guyotat : *Tombeau pour cinq cent mille soldats.*
59. Aragon : *Traité du style.*
60. Frédéric Prokosch : *Sept fugitifs.*
61. Henri Bosco : *Pierre Lampédouze.*
62. Paul Bowles : *Un thé au Sahara.*
63. Louis Guilloux : *La confrontation.*
64. Henri Calet : *Le tout sur le tout.*
65. Hermann Broch : *La mort de Virgile.*
66. Pierre Herbart : *Alcyon.*
67. Thomas Mann : *Les Histoires de Jacob.*
68. Thomas Mann : *Le jeune Joseph.*
69. Thomas Mann : *Joseph en Égypte.*
70. Thomas Mann : *Joseph le Nourricier.*
71. Samuel Butler : *Erewhon.*
72. René Daumal : *Le Mont Analogue.*
73. Edmond Duranty : *Le malheur d'Henriette Gérard.*
74. Vladimir Nabokov : *Feu pâle.*
75. René Crevel : *Êtes-vous fous ?*
76. Mario Vargas Llosa : *La maison verte.*
77. Stig Dagerman : *L'enfant brûlé.*
78. Raymond Queneau : *Saint Glinglin.*
79. Hugo von Hofmannsthal : *Andréas et autres récits.*
80. Robert Walser : *L'Institut Benjamenta.*
81. William Golding : *La nef.*
82. Alfred Jarry : *Les jours et les nuits.*
83. Roger Caillois : *Ponce Pilate.*
84. Thomas Mofolo : *Chaka, une épopée bantoue.*
85. Jean Blanzat : *Le Faussaire.*
86. Jean Genet : *Querelle de Brest.*
87. Gertrude Stein : *Trois vies.*
88. Mircea Eliade : *Le vieil homme et l'officier.*
89. Raymond Guérin : *L'apprenti.*
90. Robert Desnos : *La liberté ou l'amour !* suivi de *Deuil pour deuil.*
91. Jacques Stephen Alexis : *Compère Général Soleil.*

92. G. K. Chesterton : *Le poète et les lunatiques.*
93. Emmanuel Berl : *Présence des morts.*
94. Hermann Broch : *Les somnambules,* I.
95. Hermann Broch : *Les sombambules,* II.
96. William Goyen : *La maison d'haleine.*
97. Léon-Paul Fargue : *Haute solitude.*
98. Valery Larbaud : *A. O. Barnabooth, son journal intime.*
99. Jean Paulhan : *Le guerrier appliqué. Progrès en amour assez lents. Lalie.*
100. Marguerite Yourcenar : *Denier du Rêve.*
101. Alexandre Vialatte : *Battling le ténébreux.*
102. Henri Bosco : *Irénée.*
103. Luigi Pirandello : *Un, personne et cent mille.*
104. Pierre Jean Jouve : *La Scène capitale.*
105. Jorge Luis Borges : *L'auteur et autres textes.*
106. Paul Gadenne : *La plage de Scheveningen.*
107. Ivy Compton-Burnett : *Une famille et son chef.*
108. Victor Segalen : *Équipée.*
109. Joseph Conrad : *Le Nègre du « Narcisse ».*
110. Danilo Kiš : *Jardin, cendre.*
111. Jacques Audiberti : *Le retour du divin.*
112. Brice Parain : *Joseph.*
113. Iouri Tynianov : *Le lieutenant Kijé.*
114. Jacques Stephen Alexis : *L'espace d'un cillement.*
115. David Shahar : *Un été rue des Prophètes.*
116. Léon Bloy : *L'âme de Napoléon.*
117. Louis-René des Forêts : *La chambre des enfants.*
118. Jean Rhys : *Les tigres sont plus beaux à voir.*
119. C.-A. Cingria : *Bois sec Bois vert.*
120. Vladimir Nabokov : *Le Don.*
121. Leonardo Sciascia : *La mer couleur de vin.*
122. Paul Morand : *Venises.*
123. Saul Bellow : *Au jour le jour.*
124. Raymond Guérin : *Parmi tant d'autres feux...*
125. Julien Green : *L'autre sommeil.*

126. Taha Hussein : *Le livre des jours.*
127. Pierre Herbart : *Le rôdeur.*
128. Edith Wharton : *Ethan Frome.*
129. André Dhôtel : *Bernard le paresseux.*
130. Valentine Penrose : *La Comtesse sanglante.*
131. Bernard Pingaud : *La scène primitive.*
132. H. G. Wells : *Effrois et fantasmagories.*
133. Henri Calet : *Les grandes largeurs.*
134. Saul Bellow : *Mémoires de Mosby et autres nouvelles.*
135. Paul Claudel : *Conversations dans le Loir-et-Cher.*
136. William Maxwell : *La feuille repliée.*
137. Noël Devaulx : *L'auberge Parpillon.*
138. William Burroughs : *Le festin nu.*
139. Oskar Kokoschka : *Mirages du passé.*
140. Jean Cassou : *Les inconnus dans la cave.*
141. Jorge Amado : *Capitaines des Sables.*
142. Marc Bernard : *La mort de la bien-aimée.*
143. Raymond Abellio : *La fosse de Babel.*
144. Frederic Prokosch : *Les Asiatiques.*
145. Michel Déon : *Un déjeuner de soleil.*
146. Czeslaw Milosz : *Sur les bords de l'Issa.*
147. Pierre Guyotat : *Éden, Éden, Éden.*
148. Patrick White : *Une ceinture de feuilles.*
149. Malcolm de Chazal : *Sens-plastique.*
150. William Golding : *Chris Martin.*
151. André Pieyre de Mandiargues : *Marbre ou Les mystères d'Italie.*
152. V. S. Naipaul : *Une maison pour Monsieur Biswas.*

153. Rabindranath Tagore : *Souvenirs d'enfance.*
154. Henri Calet : *Peau d'Ours.*
155. Joseph Roth : *La fuite sans fin.*
156. Marcel Jouhandeau : *Chronique d'une passion.*
157. Truman Capote : *Les domaines hantés.*
158. Franz Kafka : *Préparatifs de noce à la campagne.*

159. Daniel Boulanger : *La rose et le reflet.*
160. T. F. Powys : *Le bon vin de M. Weston.*
161. Junichirô Tanizaki : *Le goût des orties.*
162. *En mouchant la chandelle (Nouvelles chinoises des Ming).*
163. Cesare Pavese : *La lune et les feux,* précédé de *La plage.*
164. Henri Michaux : *Un barbare en Asie.*
165. René Daumal : *La Grande Beuverie.*
166. Hector Bianciotti : *L'amour n'est pas aimé.*
167. Elizabeth Bowen : *La maison à Paris.*
168. Marguerite Duras : *L'Amante anglaise.*
169. David Shahar : *Un voyage à Ur de Chaldée.*
170. Mircea Eliade : *Noces au paradis.*
171. Armand Robin : *Le temps qu'il fait.*
172. Ernst von Salomon : *La Ville.*
173. Jacques Audiberti : *Le maître de Milan.*
174. Shelby Foote : *L'enfant de la fièvre.*
175. Vladimir Nabokov : *Pnine.*
176. Georges Perros : *Papiers collés.*
177. Osamu Dazai : *Soleil couchant.*
178. William Golding : *Le Dieu scorpion.*
179. Pierre Klossowski : *Le Baphomet.*
180. A. C. Swinburne : *Lesbia Brandon.*
181. Henri Thomas : *Le promontoire.*
182. Jean Rhys : *Rive gauche.*
183. Joseph Roth : *Hôtel Savoy.*
184. Herman Melville : *Billy Budd, marin,* suivi de *Daniel Orme.*
185. Paul Morand : *Ouvert la nuit.*
186. James Hogg : *Confession du pécheur justifié.*
187. Claude Debussy : *Monsieur Croche et autres* écrits.
188. Jorge Luis Borges et Margarita Guerrero : *Le livre des êtres imaginaires.*
189. Ronald Firbank : *La Princesse artificielle* suivi de *Mon piaffeur noir.*
190. Manuel Puig : *Le plus beau tango du monde.*
191. Philippe Beaussant : *L'archéologue.*

192. Sylvia Plath : *La cloche de détresse.*
193. Violette Leduc : *L'asphyxie.*
194. Jacques Stephen Alexis : *Romancero aux étoiles.*
195. Joseph Conrad : *Au bout du rouleau.*
196. William Goyen : *Précieuse porte.*
197. Edmond Jabès : *Le Livre des Questions,* I.
198. Joë Bousquet : *Lettres à Poisson d'Or.*
199. Eugène Dabit : *Petit-Louis.*
200. Franz Kafka : *Lettres à Milena.*
201. Pier Paolo Pasolini : *Le rêve d'une chose.*
202. Daniel Boulanger : *L'autre rive.*
203. Maurice Blanchot : *Le Très-Haut.*
204. Paul Bowles : *Après toi le déluge.*
205. Pierre Drieu la Rochelle : *Histoires déplaisantes.*
206. Vincent Van Gogh : *Lettres à son frère Théo.*
207. Thomas Bernhard : *Perturbation.*
208. Boris Pasternak : *Sauf-conduit.*
209. Giuseppe Bonaviri : *Le tailleur de la grand-rue.*
210. Jean-Loup Trassard : *Paroles de laine.*
211. Thomas Mann : *Lotte à Weimar.*
212. Pascal Quignard : *Les tablettes de buis d'Apronenia Avitia.*
213. Guillermo Cabrera Infante : *Trois tristes tigres.*
214. Edmond Jabès : *Le Livre des Questions,* II.
215. Georges Perec : *La disparition.*
216. Michel Chaillou : *Le sentiment géographique.*
217. Michel Leiris : *Le ruban au cou d'Olympia.*
218. Danilo Kiš : *Le cirque de famille.*
219. Princesse Marthe Bibesco : *Au bal avec Marcel Proust.*
220. Harry Mathews : *Conversions.*

Ouvrage reproduit
par procédé photomécanique.
Impression S.E.P.C.
à Saint-Amand (Cher), le 10 novembre 1989.
Dépôt légal : novembre 1989.
1er dépôt légal : février 1978.
Numéro d'imprimeur : 2316.
ISBN 2-07-029899-X./Imprimé en France.

47915